Princesse

2.0

Pour Lola à qui j'ai pensé
à chaque dessin.

Vivi

Pour Lola, mon éditrice,
qui est à l'origine de ce projet.
Tu as pu lire la première moitié de ce livre,
puis le 13 novembre 2015,
tu es allée voir un concert au Bataclan.
J'ai continué sans toi, sans ton avis,
mais j'espère que la suite de ce
livre te plaira, et que de là où tu es,
tu es fière de ce qu'on a pu
accomplir malgré tout ;)

Amour, Licornes et Rock'N'Roll !

Andy

ANDY

Princesse 2.0

Je m'appelle Lindsay et j'ai vingt-quatre ans. Ma vie est normale, complètement normale… Tellement normale, même, que j'en viens à m'auto-créer des problèmes pour avoir des trucs à raconter à mes copines pendant nos soirées **« GIRL POWER CLUB »** (tout en buvant des vodkas Tagada et en répétant que les mecs, c'est tous des salauds). Enfin… pas tous, NOOON…

« Tous, sauf le tien, Céline. Lui, c'est un mec bien, t'inquiète pas. T'as même eu la chance de tomber sur un des rares mecs encore potables sur Terre ! »

(On sait toutes que c'est du mytho, mais ça lui fait tellement plaisir, à Céline…)

Depuis huit mois, je partage la vie d'un petit guitariste (oui : *petit*. Eh oui, c'est un problème… DE TAILLE ! #BadumTssss). Il habite à deux rues de chez moi. On a plein de potes en commun (c'est d'ailleurs comme ça qu'on s'est rencontrés), du coup on passe les trois quarts de nos journées ensemble… Facile.

Et vous savez quoi ? Ça ne nous saoule même pas. C'est pour ça que je me dis qu'avec lui… C'est différent. Le reste du temps, il répète pendant que je l'attends sagement à l'appart'. Oui, parce que c'est bien gentil d'avoir bac+5 en sciences sociales, encore faudrait-il qu'un employeur veuille bien de moi. Autant dire qu'en un an et demi à recevoir des réponses négatives sous prétexte que je suis trop qualifiée, j'aurais largement eu le temps de trouver un boulot de caissière. Enfin, au moins, je suis à jour sur *The Walking Dead, Game of Thrones* et *Dexter.*

… Et une quinzaine d'autres séries. #NoShame

Et puis le chômage, ça permet d'avoir une vie sociale, un mec qui m'aime, des copines géniales et une famille (que je vois peu… mais soudée quand même) ! Sauf que cette vie que je trouvais plutôt cool a été brutalement remise en question par un texto.

Et pas n'importe quel texto, NOOOOON !

Celui-ci :

(Parce qu'un mec courageux, ça vous plaque par texto, c'est bien connu.)

TRADUCTION : J'ai trouvé mieux que toi mais en attendant de savoir si ça marche avec elle, je te garde sous le coude. Je te relancerai certainement une fois que Maria m'aura plaqué, avec un « tu me manques… » envoyé à 2 h 30 du mat', pour voir s'il y'a toujours moyen. Puis je referai le mort parce qu'elle sera revenue. Car, voilà, la Maria, eh ben je la kiffe vraiment, elle.
En un mot : merci d'être mon bouche-trou, ma puce !

Comment on appelle ce genre de mec déjà, dans le *Petit Lexique de la Meuf en Colère ?* Ah oui :

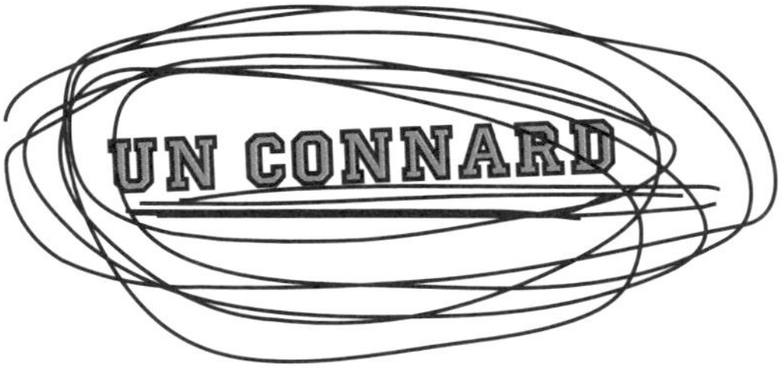

J'aurai donc été une copine aimante, humble, agréable, serviable, en bref, tout ce qui est contre ma nature, pour quoi ? Rien. Oui, oui. Tout ça pour… RIEN. Bien joué, Lindsay.
Qu'est-ce qu'on en rencontre, dans une vie, des mecs comme ça… Pourtant on leur demande pas de rappliquer… NON, on les attire comme des « likes » sur une vidéo de twerk.
D'ailleurs, c'est sûrement eux qui les « likent », ces vidéos-là…
Non pas que j'enchaîne les mecs… Je suis plutôt du genre à croire au coup de foudre et à penser que les-belles-histoires-d'amour-n'arrivent-pas-que-dans-les-films…

ET QUE PUTAIN-OUI-RYAN-GOSLING-M'EMBRASSERA-UN-JOUR-SOUS-LA-FLOTTE !

« N'oublie jamais » (The Notebook), de Nick Cassavetes, New Line Cinema, 2004

Amour fou

MAIS LES CONNARDS, LES FILLES, ÇA EXISTE… ET IL FAUT SAVOIR LES RECONNAÎTRE.

Tiens, justement on va jouer à un jeu !

COMMENT SAVOIR SI TON MEC EST UN CONNARD ?

LE TEST

IL JOUE LES MINISTRES

Il est « trop occupé » pour répondre à tes textos, il a toujours une bonne excuse pour ne rappeler qu'au bout de quarante-huit heures, alors qu'il t'avait envoyé un très convaincant : « Je te rappelle dans cinq minutes ! »
Il manie aussi bien le « J'étais malade, j'ai pas vu ton texto ! » que le « J'avais plus de batterie » (depuis hier ? mais oui, bien sûr…) et le « Je suis débordé en ce moment »… S'il t'aimait vraiment, il aurait peur que tu te fasses des films et se débrouillerait pour te répondre dès que possible.
Surtout que, toi, dès le début, tu avais vu le petit… « Lu ».

IL REJETTE LA FAUTE SUR TOI

Comme quand tu ouvres son Facebook « en toute innocence » et que, « par inadvertance », tu consultes ses MP… pour découvrir qu'il envoie des messages très chauds à d'autres filles ! Et quand tu lui demandes des explications, tout ce qu'il trouve à répondre, c'est :
« Qui t'a permis de fouiller dans mes messages ??!! »
Parce que le connard n'assume rien, c'est sa spécificité.

TU N'ES PAS SA PRIORITÉ

Il ne peut te voir que le soir, à la dernière minute… et quand il part en vacances, tu n'as plus une seule nouvelle. Il te considère purement et simplement comme un (joli) bouche-trou.
#HarshTruth #ThatHurts #Aïe #Connard

AU LIT, IL N'Y A QUE LUI QUI COMPTE

Il se fout de tes envies. Il te met la pression pour que tu prennes la pilule parce qu'il ne veut pas porter de préservatif… Bah ouais, tu comprends : « La capote, ça me gêne… Avec, je sens rien ! Toi, ça va, c'est juste un comprimé par jour ! » Il se barre dès qu'il a fini, fait des remarques sur ta cellulite, te force à faire des trucs, parle tout le temps de cul, surtout dans ses textos, et nie avoir couché avec d'autres meufs alors qu'il t'a filé une MST.

Mais surtout, quand vous allez passer à l'acte, si tu entends ça :

– *J'ai pas de préservatif.*
– *Bon bah tant pis, alors, on fait rien.*
– *Ah… attends, j'en ai peut-être un, finalement !*

FUIS !!

IL NE TE SOUTIENT PAS

Il critique ton gros cul. (Même si c'est le cas… on s'en fout !!! Ton mec est un sacré connard si ça ne le dérange pas de t'humilier !)

Quand il te fait des réflexions méchantes, il les met sur le compte de la « taquinerie ».

Il ne supporte pas que tu aies plus de succès que lui et essaie de toujours te rabaisser pour se sentir mieux… Franchement, c'est les pires ceux-là… Des CONNARDS de compétition ! Doublés de pervers narcissiques.

IL OUBLIE TOUJOURS SON PORTEFEUILLE

Non, je ne dis pas qu'il est OBLIGÉ de TOUT payer, mais c'est quand même très salaud d'annoncer qu'il a « oublié » son portefeuille dès que l'addition arrive, surtout si c'est lui qui a proposé la sortie ! Et si c'est à chaque fois comme ça, là, ma pauvre… Largue-le, et TOUT DE SUITE !

TU NE CONNAIS PAS SON ENTOURAGE

Si vous ne vous voyez que chez toi ou chez lui, et si tu n'as jamais rencontré ne serait-ce que quelques-uns de ses potes, c'est soit qu'il mène une double vie avec sa vraie copine, soit qu'il n'est avec toi que pour le sexe et n'a aucune intention d'être vraiment ton mec.
Re #HarshTruth #ThatHurts #Aïe #Connard (on s'y habitue au bout d'un moment, t'inquiète).

IL REGARDE TROP SOUVENT D'AUTRES FILLES

Il t'interdit de regarder qui que ce soit et de parler à d'autres mecs, mais lui, tu le surprends toujours en train de mater plein de filles (que la plupart du temps tu trouves moches, en plus). Le pire ? C'est qu'il te le fait SAVOIR ! S'il a besoin de te dire à quel point il est convoité et que tu as de la chance d'être avec un tel « hoooomme », jette-le ! Dans un Sanibroyeur, de préférence.

IL OUBLIE TON ANNIVERSAIRE

Parce qu'il ne t'écoute pas quand tu parles, ou bien qu'il a sciemment décidé de l'oublier pour ne pas avoir à t'acheter un cadeau.
Alternative : Il te largue avant ton anniv' et revient après.

IL TE MET DES ULTIMATUMS

« Tu me fais un poulet au curry ou je me suicide ! » est une phrase que tu entends chaque midi, parce que oui, c'est une drama queen qui aime les embrouilles et qui ne supporte pas que tu puisses lui dire non. Mais comme ton avis est plus important que le sien, tu sais dans quelle catégorie le mettre ;)

Si tu as reconnu ton MEC ou ta TARGET dans cette liste, alors félicitations, tu es tombée sur un somptueux…

CONNARD

Bref, n'ayons pas peur des mots,
avec Julien, c'est la **RUPTURE.**
Parce que non, je ne vais pas l'attendre gentiment en lui préparant des cupcakes, pendant que monsieur

roule des pelles à MariaLaBombaXoXo-je-montre-mes-fesses-en-plastique-sur-Instagram. J'ai encore **UN PEU** de dignité, merde.

Suite à cette rupture, je décide de sortir avec mon pote Johan, histoire d'oublier tout ça. Johan, c'est l'archétype du pote gay qu'on voit dans les séries américaines. Propre sur lui et franchement canon, bouc bien rasé, vingt-cinq ans, blogueur mode, personnalité hyper excentrique et bien sûr, gay. Pourquoi je précise qu'il est gay ?

RAISONS POUR LESQUELLES LES FILLES ADORENT AVOIR UN AMI GAY :

1. CE SONT DE SUPER POTES :

Ils nous écoutent, nous comprennent et nous donnent de bons conseils niveau fringues. Ils nous font nous sentir belles et, quand ça ne va pas, ils sont là pour nous réconforter.
Et en plus, ils sont super honnêtes, du coup si tu ressembles à un porcelet dans ta robe, eh bien ils le disent ET avec le sourire ! OUI, MADAME !

2. ILS SONT TROP FUN !

On ne s'ennuie jamais avec eux ! Ils sont drôles, créatifs, sensibles, attentifs et, en général, ils ont un fabuleux sens du style… Tout ce qu'une fille cherche chez un homme, finalement ! Hormis le fait qu'ils aiment les zizis…

3. ON N'A PAS BESOIN DE COUCHER AVEC !

Attention, double kiff : on bénéficie de la présence d'un mec SANS qu'il essaie de nous fourrer son pénis un peu partout et sans arrêt… Ce qui est non négligeable, quand même.

Devant deux Martini (précédés de huit Téquila Sunrise), je raconte donc à Johan comment Julien m'a larguée.

Johan - *Par SMS ? T'es sérieuse ?*

Moi - *Je te jure. J'en reviens pas, il a même pas eu le courage de me le dire en face.*

Johan - *Il a pas de couilles, c'est tout, ça se voyait à sa tête. De toute façon, tu t'en fous, il fait un mètre dix et il est chauve, tu mérites mieux que ça*.*

Moi - *Ouais, t'as raison... Mais je commence à avoir un doute, là, quand même... J'en ai marre de tomber sur des connards. Pourquoi je peux pas rencontrer LE Prince Charmant, comme dans les contes ?*

Johan - *Parce que pour trouver un prince charmant, il faudrait d'abord que tu sois une princesse...*

Une... **PRINCESSE ?**

Avant même de pouvoir noyer Johan sous un déluge de questions (« Comment ça, une princesse ? Ça marche encore, ce truc-là ? Ça implique quoi, en vrai ? »), je le noie sous un déluge de... vomi, avant de m'étaler (... gracieusement, tu penses...) sur le sol du bar, souillé de pipi.

* En réalité, Julien fait 1,72 m et il a une calvitie naissante. Mais cette capacité à amplifier les défauts des autres, c'est ce qui fait que je l'aime, mon Johan !

- Jour 1 -

Dimanche matin, 13 h 30, réveil.
Pas d'Efferalgan en vue, juste une crotte au pied de mon lit, cadeau de mon chat Swiffer qui a dû penser que ça me ferait plaisir. Autre hypothèse : il me savait dans un état déjà bien merdique et a voulu en rajouter une couche… ce petit con.
La conversation de la veille me revient peu à peu… Ni une, ni deux, je m'installe devant mon ordi et lance une recherche Google.

comment se comporter comme une p

comment se comporter comme une p - Recherche Google
comment se comporter comme une peste
comment se comporter comme une pute
comment se comporter comme une pintade
comment se comporter comme une pouilleuse

Au bout de ces quatre recherches (bah quoi, on peut bien se cultiver, non ?!), je tape dans la barre de navigation :

« Comment se comporter comme une princesse »

COMMENT SE COMPORTER COMME UNE PRINCESSE

Une longue liste s'affiche sous mes yeux :

1. UNE PRINCESSE DOIT PARLER UN FRANÇAIS CORRECT...

Eh ben merde, on est mal barré...

2. UNE PRINCESSE DOIT TRAVAILLER SA POSTURE. SE TENIR DROITE ET AVOIR L'AIR FIER !

Ok, là, on se comprend. Enfin, à jeun... Parce que sur une paire de talons, après quatre verres, j'ai surtout l'air d'un girafon qui vient de naître et qui galère à se tenir sur ses pattes.

3. UNE PRINCESSE EST INTELLIGENTE. IL FAUT ÊTRE STUDIEUSE !

Le genre de conseil qui m'aurait été utile il y a dix ans... Mais merci quand même ! Bon, sans blaguer, j'ai quand même bac+5, alors cette case, je peux la cocher. YEAH ! (Comment ça, on s'en fout puisque j'ai quand même pas de taf ??)

4. UNE PRINCESSE EST GENTILLE ET ALTRUISTE. POUR ÊTRE AUSSI BELLE À L'INTÉRIEUR QU'À L'EXTÉRIEUR...

Et pour les moches, ça se passe comment ?
Plus sérieusement : l'expression consacrée, c'est « trop bonne, trop conne ». Mais de nos jours, le mot « bonne » a pris une certaine connotation, alors je corrigerais plutôt par « trop gentille, trop conne ». Sauf que ça ne rime pas, du coup, c'est moins crédible.
C'était l'instant philo. Bon, next.

5. UNE PRINCESSE EST HUMBLE. C'EST POUR CELA QU'ON L'ADMIRE...

Alors ça, je sais faire !
La preuve :

Copine - *J'adore ta robe, elle te va super bien !*

Moi - *N'importe quoi, j'ai l'air énorme.*

Copine - …

Moi - *Tu veux que je ressemble à un boudin toute la soirée, c'est ça ? Super, ton sens de l'amitié !*

J'aurais pu me contenter de répondre « Merci ! », mais non, je n'ai pas accepté ce compliment que je ne méritais pas ! Si c'est pas de l'humilité, ça… Mais ok, je peux encore progresser…

6. UNE PRINCESSE A DE BONNES MANIÈRES...

Je ne rote pas à table ! Ça compte ? Et puis je dis « Bonjour », « S'il vous plaît » et « Merci ». Parfois même, je laisse ma place dans le bus, mais uniquement si la personne âgée a l'air gentille. Par contre, les mémés nazies qui grugent dans les queues de supermarché, elles peuvent toujours courir (enfin, si elles y arrivent).

7. UNE PRINCESSE DOIT ÊTRE POLIE, SURTOUT EN DEHORS DE SON CERCLE FAMILIAL...

- *Salut mamzelle, t'es charmante, t'as un 06 ?*

- *Bonjour cher monsieur, je vous remercie pour ce compliment.*
  Je répondrai avec joie à votre requête.

- *Wesh, j'ai rien compris ! J'te demande ton 06.*

- *Avec plaisir.*

- *C'est quoi ton 06, vas-y !*

- *Excusez-moi ?*

- *Elle s'fout d'ma gueule, c'te pute, là ?! Vas-y, casse-toi avec ton cul d'anorexique !*

- *Merci beaucoup et passez une agréable journée. À bientôt !*

Mouais... Je suis sceptique.

8. UNE PRINCESSE DOIT MANGER AVEC CLASSE POUR FAIRE IMPRESSION AUX DÎNERS...

Pas sûre de comprendre… mais à tous les coups, j'imagine que mon atout « ne rote pas à table » marche ici aussi ?

Autre question : est-ce que le McDo est prohibé ? Parce que les cinq-étoiles, j'ai pas franchement les moyens…

Et pour tout dire, je préfère le McDo, de toute façon.

9. UNE PRINCESSE PREND SOIN DE SON CORPS POUR PARAÎTRE AUSSI PARFAITE QU'UNE PEINTURE...

Ou qu'une photo Instagram ? No soucy, Photoshop est mon ami.

10. UNE PRINCESSE DOIT ÊTRE UNE ICÔNE DE LA MODE...

J'essaye ! Et tous les jours ! Mais personne ne comprend mon sens du style. C'est dur d'être un génie…

Bref, après lecture de cette liste aussi ridicule que pitoyable, digne d'une candidate au concours de Miss Monde, je me sens encore plus perdue qu'avant.

- Jour 2 -

Qu'à cela ne tienne ! Si je ne peux pas apprendre à devenir une princesse grâce à des articles moisis sur Internet, je vais m'inspirer de toutes ces filles qui ont l'air d'avoir des vies parfaites. Vous savez, ces célébrités, ces filles dans les magazines, sur les réseaux sociaux, qui vous en mettent plein la vue avec leurs photos de voyage, leurs fringues de marque et leurs copines toutes plus belles les unes que les autres !
Je ne connais pas leur vie, mais de ce que je vois, aucun doute : elles vivent comme des princesses.
Et qui dit « vivre comme une Princesse » dit… *« avoir son Prince Charmant ! »*

UN JOUR MON PRINCE VIENDRA…

Avant toute chose, je vais me grouiller et faire un peu de ménage sur ma page Facebook, au cas où il passerait par là… parce que y a du dossier !

LISTE DE CHOSES À RETIRER DE SON PROFIL FACEBOOK POUR AVOIR L'AIR D'UNE PRINCESSE :

1) TOUS LES STATUTS QUI PARLENT D'EX.

En bien ou en mal. Mais SURTOUT en mal.
Parce que NON, tu ne passes pas pour la-fille-super-forte-qui-se-porte-mille-fois-mieux-sans-son-ex. Tout le monde sait que c'est des conneries ! Tu passes juste pour **UNE RAGEUSE**. Une Princesse, après rupture, ça passe à autre chose DIRECT. Et ça n'a pas besoin de le gueuler sur Facebook pour attirer l'attention. Conclusion : on supprime tout, même ses statuts de 2008. Au cas où on tomberait sur un Prince Charmant *stalker*. On sait jamais…

2) TOUTES LES PHOTOS DE SOIRÉE OÙ ON EST DÉCHIRÉE.

Oui, oui, je sais, on les a postées parce qu'on les trouve cool, parce qu'elles montrent qu'on est sociable, qu'on a des amis, qu'on sait s'amuser et (surtout) qu'on est capable de se taper le premier venu après cinq verres de vodka-Red Bull en lui faisant un twerk moitié cul nu devant trois caméras de téléphone direction Youtube ! Donc ça, on supprime, allez, allez ! On veut quoi ? Un mec qui se touche sur notre aptitude à boire comme un trou, ou un Prince Charmant ? Le premier, on est d'accord ?

… Je voulais juste voir si tu suivais !
LE DEUXIÈME, ON A DIT !

3) LES GENS QUI NE POSTENT QUE DES TRUCS NÉGATIFS.

Je sais, c'est pas directement sur notre page Facebook (sauf s'ils viennent se plaindre jusque-là... ça arrive). Mais, d'une façon générale, les gens négatifs, on n'en a pas trop besoin dans la vie. Y'a qu'à voir dans les contes de fées : les héros, ils sont toujours heureux – ils chantent, ils dansent, ils parlent aux animaux... Les personnages négatifs ? Ils meurent. Voilà, c'est tout, c'est comme ça, c'est la loi de la nature.

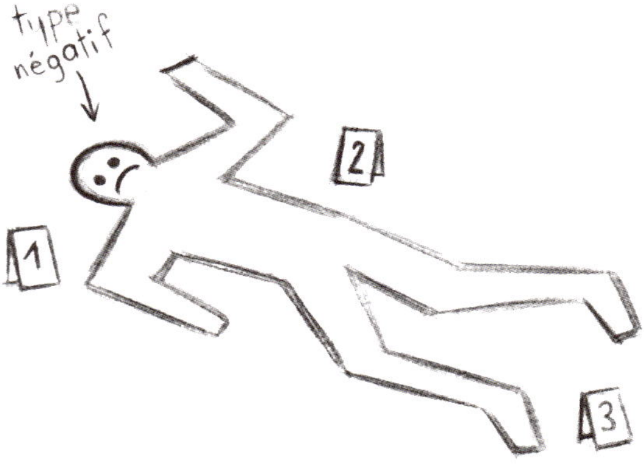

LA COPINE NÉGATIVE SUR FACEBOOK

Elle ne va JAMAIS bien. Elle ne sait faire qu'un truc : se plaindre. Donc là, une seule solution…

Maintenant que mon Facebook est clean, je vais pouvoir accueillir de nouvelles têtes ! Mais où les trouver ? On n'envoie pas des demandes d'amis à des mecs au hasard… Ça fait vraiment désespérée et ce n'est PAS mon cas.

Enfin, pas à 100 % quoi…

J'appelle Anaïs. C'est ma meilleure amie, mais surtout ma copine de galère ! Malgré son physique de jolie-petite-blonde-toute-fine-aux-yeux-verts (t'as juste envie de la tuer : quand elle se fait un smokey eye, c'est glam à mort, alors que toi t'as juste l'air de t'être pris un poing dans la gueule… bref.), sa tête bien remplie avec son master de droit, son sens de l'humour ravageur malgré son caractère timide… eh ben, elle n'a jamais de mec. Ou alors, quand elle en rencontre un, ça finit toujours en crise de larmes, et je dois passer les deux semaines suivantes à lui remonter le moral et à casser ses ex (mais également mon mec du moment par solidarité féminine – en même temps, ils l'ont bien cherché, donc on s'en tape le cul par terre). Je lui téléphone donc pour lui demander (je résume) : « À quel rayon tu fais tes courses dans le Grand Supermarché de la Planète Hommes ? »

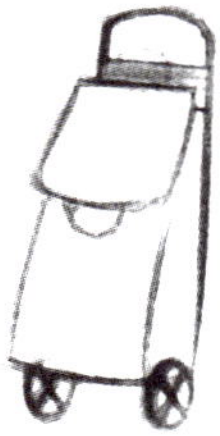

Anaïs - *Va sur Tinder.*

Moi - *C'est quoi ça, encore ?*

Anaïs - *Une appli. Tu vois plein de profils de mecs, soit tu les likes, soit tu les likes pas. Si tu les likes et qu'ils te likent, vous matchez et vous pouvez vous parler.*

Moi - *Han... Cool ! Et c'est des mecs sérieux, sur cette appli ?*

Anaïs - *Ben... C'est comme partout : y en a des sérieux, et y a ceux qui cherchent leur plan cul du soir. Bonne chance !*

Pas très rassurant, mais tant pis.
Qui ne tente rien n'a rien.
Et qui sait ? Peut-être tomberai-je sur un mec cool ? Ou mieux… sur mon Prince Charmant !

Je télécharge donc l'application et
commence à remplir mon profil.

PREMIÈRE ÉTAPE : votre description…
En fait, c'est le moment où tu dois
te vendre, sans passer
1) pour une nympho,
2) pour une fille désespérée, ou
3) pour une connasse.

Genre de phrases à bannir pour se présenter :
- Je ne sais pas ce que je veux, mais
je sais ce que je ne veux pas.
→ Cette phrase prendra forcément un autre sens dans la tête d'un mec, ne te fais AUCUNE illusion.

- Pas de plan cul !
→ Un mec te fera toujours croire qu'il recherche un truc sérieux. Il te voit comme un challenge : il va te traquer, te promettre la lune, et la chute n'en sera que plus dure quand il aura eu ce qu'il voulait : son plan cul.

- Je recherche un mec qui soit :
  1) Grand parce que je fais 1,75 m. Donc si vous faites moins d'1,85 m, c'est mort parce que je porte toujours des talons.
  2) Intelligent (mais pas trop).
  3) Beau.
  4) Propre ! Le déo, c'est pas fait pour les chiens et les douches non plus !
  5) Musclé, c'est bien, mais pas trop !
  6) Cool, pas prise de tête.
  7) DRÔLE !
  8) Autre précision :
    - J'aime que les mecs à peau mate
    - J'aime pas les gros
    - J'aime pas les maigres
    - J'aime pas les gens relous

Kiss !

 Ça, c'est un coup à retrouver un screen de ton profil sur toutes les pages Facebook du monde dédiées aux cas sociaux du Net. Après, chacun son délire ;)

- Princesse cherche son Prince Charmant

 HAHAHAHAHAHAHAHAHAHAHAHAAAAAA ! Qui est assez conne aujourd'hui pour encore y croire ? Oh… *wait*…

Après un long temps d'hésitation, je décide de mettre juste des smileys.

Pas clair ? Oui ben, au moins, ça les fera réfléchir. Mais comme toi, je t'aime bien et qu'on est protégées par le secret du Girl Power, je vais te révéler la clé de l'énigme…

LE DRAPEAU FRANÇAIS ?

Ça évitera aux mecs de m'aborder avec un « *Hey what's up?* » Je pense à leur ego, que veux-tu, je suis sympa, moi…

LE CHAT ?

Parce que j'en ai un (… avoue, le suspense était insoutenable…).

LE DRAGON ?

Pour qu'ils se creusent la tête. Avec un peu de chance, ça peut donner des idées d'approches intéressantes. J'ai limite l'impression de leur mâcher le travail, là… Trop sympa, la fille, qu'est-ce que je disais…

LE CŒUR ?

Parce que ma seule présence sur ce site prouve bien que, techniquement, je n'en ai plus. De cœur. Bonne chance, les mecs.

LA PRINCESSE ?
Aucune idée.

Ça y est, « description validée », maintenant je dois poster des photos. Je garde celles que l'appli a automatiquement sélectionnées de ma page Facebook, à savoir : moi de dos, moi de face avec des lunettes de soleil, et moi en soirée avec mes copines.

Fini ! Je lance une recherche. Et là, je tombe sur tout et n'importe quoi. Je fais défiler une cinquantaine de profils sans mettre un seul « j'aime ». Jusqu'au moment où… je bloque. Enfin, un qui attire mon regard !

Tiens, tiens, hello toi !!!!!!

Voyons voir tes autres photos…

Ah bah non.

Quasiment une heure sur l'appli et je n'ai liké que sept profils qui ont l'air plutôt pas mal. Un match se joue entre Steven, Jérémy et Lucas. Curieuse, j'attends de voir comment ils vont m'aborder :)

« Vous avez reçu un nouveau message de Lucas »

Salut sa va?

Ok… Toi, on va attendre que tu récupères ta langue… et ton Bescherelle…

Next.

« Vous avez reçu un nouveau message de Jérémy »

Très charmante ;)

Merci c'est gentil :)

Tu fais quoi ce soir?

J'ai du boulot à finir...

Tu veux venir le finir chez moi?

-_-

T'auras même droit à un massage

Allo?

...

Frigide

Puis, je passe deux heures à attendre un message de Steven qui n'arrivera jamais...

Manifestement, il faut que je sois moins exigeante. J'entreprends donc de liker quelques profils « au cas où » ils me feraient craquer lors d'une conversation. Résultat, je matche avec une dizaine de mecs et Anthony vient me parler. D'après ses photos, il est grand, brun, très mignon avec la barbe naissante comme je les aime. Et surtout, il n'a pas une tête de con – un bon point. Et bonne nouvelle, il a lu ma description (assez rare pour être précisé !).

Tu as un chat français
de descendance royale
qui chevauche un dragon
et qui aime ça ?

Haha, c'est presque ça ! La
vraie histoire c'est que j'ai
un dragon qui est amoureux
d'un chat, le problème c'est
qu'il ne parle que français.
Et à côté de ça je suis une
princesse. Enchantée

Ça doit être difficile de devoir lui
remonter le moral au quotidien...
Mais c'est la première fois que
j'ai la chance de parler à une
princesse ! Est-ce qu'elle aurait
Facebook pour voir un peu à quel
point sa vie doit être magnifique ?

Aïe. Voilà qu'arrive… « La Demande d'Ami Facebook », plus communément appelée *« La demande pour vérifier que tu es bien comme sur tes photos. Parce qu'on va pas se mentir : on voit quand même pas grand-chose de ta tête sur Tinder. Bien sûr je me rendrai directement dans la catégorie des photos où tu as été taggée, vu qu'on sait tous que c'est les plus moches et donc celles qui sont les plus proches de la vérité. »*

Est-ce que ça fait de lui un mec superficiel ? Non, étant donné que j'aurai exactement le même réflexe à la minute où je l'aurai ajouté comme ami FB. Et puis, il m'a l'air bon délire, le p'tit Antho. Du coup, je lui envoie mon nom pour qu'il puisse m'ajouter et j'attends…

Je reçois son invitation quelques secondes plus tard… que je n'accepterai bien sûr que demain, parce que je suis censée avoir une vie.

… ON EST UNE PRINCESSE OU PAS ?

- JOUR 3 -

Début d'une bonne journée ! C'est les vacances et je peux faire ce que je veuuuuuux de ma vie ! Pas de taf, juste Netflix qui hurle mon nom pour que je m'affale dans mon canap' avec un paquet d'1 kilo de M&M's et un masque sur la gueule ! Jusqu'au moment où…

Ce à quoi je ressemble le matin...

Ce à quoi ressemble une PRINCESSE le matin.

Bon… mieux vaut appeler Gladys ! Parce que j'ai beau être mo-ti-vée, pour devenir une Princesse, il faut que j'en aie l'apparence. Sinon, zéro crédibilité !

Moi - *Hey meuf, j'ai envie de m'acheter des nouvelles fringues, on bouge ?*

Gladys - *Ouais mon chat, tu passes me prendre là ?*

Moi - *J'arriiiive !*

… « mon chat », le surnom naze qu'elle donne à toutes ses copines, un tic qu'elle a pris à force de trop regarder de vidéos sur Youtube. Je ne lui en veux pas, je l'appelle « mon phoque », référence directe à son haleine, mais je lui ai toujours affirmé que je l'appelais comme ça parce que « c'est trop mignon, un phoque ! »... Et elle m'a crue. Oui, je suis une copine cruelle. Dites-le.
Et de toute façon, ce qui est bizarre avec Gladys, c'est que…

(Mais je m'en fous.)

… je l'aime pas tant que ça.

C'est pas tant son air de fouine hautaine qui me dérange, ni sa manie de mettre tellement de maquillage que j'ai toujours peur d'un transfert de fond de teint orange sur ma joue quand je lui claque la bise, ni même sa façon de s'habiller comme si elle sortait des *Cagoles à Mykonos*.

Non, c'est plutôt qu'elle appartient
à cette catégorie de nanas :

LA COPINE HYPOCRITE

En d'autres termes :

ELLE DIT DU MAL D'ABSOLUMENT TOUT LE MONDE.
Tu sais donc par déduction qu'elle dit forcément du mal de TOI.

D'AILLEURS, TES COPINES T'ONT DÉJÀ RAPPORTÉ DES TRUCS QU'ELLE AVAIT RACONTÉS À TON SUJET.
Mais devant toi, elle a toujours nié :
« Non mais tu fais confiance à Mélissa ? Tu sais très bien qu'elle ment tout le temps ! J'arrive pas à croire que tu puisses douter de moi… »

ELLE TE FAIT TOUJOURS SES REMARQUES DEVANT TOUT LE MONDE, surtout quand ça peut te mettre mal à l'aise :
« Tiens, nouvelle coupe ? Ça… change… »

TU NE LUI FAIS PAS CONFIANCE, SURTOUT QUAND ELLE TE DIT :
« Cette robe te va TELLEMENT bien !! On dirait une meuf de Victoria's Secret !! »
BOOM !! Boom, oui, c'est le bruit que fait ton âme lorsque tu entends un mensonge pareil, parce que vous savez l'une comme l'autre que tu as pris la robe la plus laide du magasin ! (Oui, admettons que ce soit ton délire, de t'habiller avec des fringues moches. Ça arrive à tout le monde, n'aie pas honte !)

TU LA SOUPÇONNES DE VOULOIR TE PIQUER TON MEC. Qu'elle le complimente, OK ; mais qu'elle le fasse sur toutes ses photos Instagram ? ET sur Facebook ? Et par texto ? *Bitch, please...*

TU LA SOUPÇONNES D'ÊTRE COPINE AVEC TOI PAR INTÉRÊT. Parce que ton oncle est le videur de la boîte la plus branchée de la ville, parce que tes cadeaux d'anniversaire sont les plus stylés, parce que ton mec l'intéresse, ou parce que Nick Jonas t'a suivie sur Twitter suite à une fausse manip et qu'elle espère pouvoir attirer son attention à travers toi...

TU NE DIS JAMAIS AUX AUTRES QU'ELLE EST TON AMIE. Au mieux, tu expliques que tu la croises de temps en temps, mais rien de plus. Parce que tu la considères comme une copine, oui… une « copine », c'est pas très engageant. Mais une AMIE ? Là non, c'est trop demander.

ELLE RÉUSSIT DANS LA VIE CAR ELLE N'EST JAMAIS ELLE-MÊME. Elle adapte sa personnalité aux gens avec qui elle traîne. Quand tu la vois avec d'autres personnes, elle est complètement différente d'avec toi. Oui bon, en gros, elle est fausse. Qui dit être fausse avec les autres, dit être fausse avec toi. Pas très, très motivant, tout ça…

MAIS LE PIRE ? C'est qu'elle est bon délire, que tu t'éclates grave avec elle, que vous regardez les mêmes séries et que faire du shopping ensemble, c'est une aprèm de fous rires garantis… Enfin, à condition qu'elle te rende ces 20 € qui ont disparu de ton portefeuille comme par magie quand elle a tenu ton sac pendant les essayages.

Je passe donc récupérer Gladys chez elle
et on file au centre commercial.
C'est décidé, aujourd'hui, je fais tout péter ! Je m'en fous de combien ça va me coûter – tout ce que je veux, c'est être une **BOMBE !** Sexy, mais classe ! Comme les princesses Disney, en fait : canon tout en restant respectables.

Je m'y vois déjà : le teen movie américain à peine dans le centre commercial, mode bombesque, ralenti, cheveux dans le vent, musique rock… et tous les regards qui se tournent vers nous !!!
… Eh bah non. Y a juste trois pèlerins, et personne ne nous a remarquées. Après, faut le dire : difficile de détonner avec un chignon à l'arrache, un bas de jogging et des Ugg aux pieds. En un mot : je suis invisible.
Peu importe. C'est maintenant que commence notre mission… la mission PRINCESSE LINDSAY !!
Je veux du beau, je veux du chic, je veux du Glamour, je veux… **UNE PUTAIN DE GLACE** !!

Mission princesse

Six cents calories plus tard, la mission peut enfin commencer !

MA JOURNÉE N'A ÉTÉ RYTHMÉE QUE PAR LES PHRASES SUIVANTES :

- Bon, j'vais voir aux cabines « hommes ».

- Y'a pas ma taille ? Pas grave, à force de les porter elles vont s'agrandir.

- OH MON DIEUUUUUU !!! Je vais mourir, c'est trop beau !

- Je DOIS essayer !! Promis, ça va prendre deux minutes ! J'ai que trois arti… Euh, quatre… Cinq… Euh… On se rejoint plus tard ?

- Bonjour, j'ai huit arti… Comment ça, je dois faire la queue là-bas ? Genre CETTE queue ? C'est Disneyland ici ou quoi ?

- Je peux rentrer qu'avec six articles ? Non ? Vous voulez dire que… je dois faire un CHOIX ?!!

- Gladys, tu peux aller chercher le même en 38, s'teuplaît ? Et celui-là en M ? Et lui en bleu ?

- Il grossit grave le miroir, rassure-moi ? Je ressemble pas vraiment à ça quand même ?

- Ahhh c'est cool, dans cette cabine, je vois bien mon cul !

- Bon, tu me saoules à me presser là ! Va faire un tour !

- J'hésite entre le blanc et le beige, je me dis que j'ai déjà beaucoup de beige, mais le blanc, c'est grave salissant… Je prends les deux ?

- En fait non, j'en prends aucun.

- En fait si, ça va, c'est pas si cher, limite c'est un crime si je les achète pas.

- Nan, c'est vrai, c'est moche mais bon, c'est à la mode, donc je prends.

- Je sais que je les porterai jamais, mais JE DOIS les acheter !! Question de vie ou de mort !

- Mais si, il faut que j'achète ces plateformes ! Comment ça, j'en porte jamais ? Eh ben PEUT-ÊTRE qu'un jour j'aurai BESOIN d'en porter, et je serai BIEN contente de les avoir !

- Si je ne les achète pas tout de suite, elles seront peut-être plus là quand je reviendrai ?

- Tu trouves pas que ces lunettes iraient trop bien avec le chapeau de tout à l'heure ? Bon, bah je vais retourner l'acheter, du coup…

- Elle coûte seulement UN EURO cette bague ?

- D'accord, je n'ai absolument pas besoin de cet autocollant, mais ça va, c'est que UN EURO !

- Ce briquet est quand même trop mignon, il me le faut ! Quoi je fume pas ? C'est que UN EURO !

- C'est quoi la robe qu'elle trimballe vers les cabines, cette fille, là-bas ?? Je la vois nulle part dans les rayons !! ELLE EST OÙ ??!! EEEELLLE EEEST OÙÙÙÙÙ ?????

- Vaut mieux qu'on parte avant que je dépense trop !!

- NON MAIS CES CHAUSSURES QUOI !! C'est presque les mêmes que celles de Taylor Swift !! ET MOI, JE VEUX LUI RESSEMBLER !

- Comment ça se fait que j'aie tous ces sacs ? J'ai pas acheté tant que ça quand même ? Si ?

- Je vais jamais pouvoir porter tous ces sacs !! Gladys !!!!

- Je vous dois… COMBIEN ???? Merde, je pensais pas…

- … J'ai l'impression d'avoir tout acheté, sauf ce dont j'avais besoin…

Conclusion, je suis obligée de répondre « IMPOSSIBLE » à la règle n° 10 de la liste de princesse :

10. UNE PRINCESSE DOIT ÊTRE UNE ICÔNE DE LA MODE...

J'ai acheté plein de fringues, mais rien qui me donne un look de princesse… En même temps, c'est quoi franchement, un look de princesse ? De longues robes hyper colorées ? Qui s'habille comme ça de nos jours ? PERSONNE. Merci. (Oui, je suis de mauvaise foi. ET ALORS ?)

La seule info que je retiendrai de cette journée, c'est que j'ai pris du cul.
Et ça, pour moi, c'est très, très difficile à accepter.

Parce que je suis un peu dans un schéma nul, du genre :

JE ME TROUVE GROSSE...
DONC

JE DÉPRIME...
DONC

JE MANGE...
DONC

JE GROSSIS...
DONC

JE FAIS UN RÉGIME EN ME DISANT QUE ÇA RÉSOUDRA MES PROBLÈMES...
BIEN SÛR

JE FOIRE MON RÉGIME...
JE ME DIS QUE

J'AI AUCUNE VOLONTÉ, JE SUIS NULLE À CHIER, JE ME DÉTESTE, DU COUP AUTANT ALLER BOUFFER.
DONC

JE ME TROUVE GROSSE.
... Tu vois ?

Le truc, c'est que ça n'existe pas, les princesses avec un gros cul, de la cellulite, un ventre qui pend, et des gants de toilette en guise de nénés.

Bah non. Elles ont toutes un super corps à la Barbie. Sauf que moi, **MOI JE NE PEUX PAS ÊTRE COMME CETTE CONNASSE DE BARBIE !**

Pourquoi ?

Parce qu'elle n'est pas réelle, et que si elle l'était, elle serait à l'hosto sous intraveineuse !

Mais quand même… Je me dis que je pourrais faire un effort et me bouger un peu… Manger mieux, faire du sport… Et puis ça m'éviterait de devoir trouver une excuse quand toutes mes copines vont à la piscine sans aucun complexe, et que moi je reste en tongs et paréo à les regarder de loin parce que j'ose pas me montrer. Oui… bon… OK, c'est aussi parce que j'ai pas envie de me mouiller les cheveux mais ça, c'est une autre histoire !

Non parce qu'on est d'accord, à moins d'être motivée à MORT, ce qui est très rarement le cas, les bonnes résolutions « beauté », ça se solde souvent par **CE GENRE D'EXCUSES :**

- À quoi bon ? Dès que j'aurai arrêté, je vais tout reprendre ! Donc ça sert à rien…

- T'as vu le temps ? Je peux pas aller courir : il pleut ! J'irai demain… Ah, il pleut aussi demain ? Dommaaaaage…

- Non, mais en ce moment, je suis en pleine déprime. Dès que j'irai mieux, je les perdrai mes kilos en trop… tranquille !

- Je préfère faire du sport à deux, ça m'encourage. Le truc, c'est que personne ne veut m'accompagner. L'impasse, quoi.

- Allez, c'est bon, je commence mon régime ! Enfin, dès que j'aurai fini ce qui traîne dans mes placards : des chips, trois paquets de Petit Écolier et quatre bouteilles de Coca. Bah quoi ? J'aime pas le gâchis !

• Pas le temps de faire un régime ! Certes, pour *Game of Thrones*, j'ai le temps. Mais justement, ça m'en laisse pas pour le reste. Franchement, ça coûte trop cher de manger sain et de faire du sport. J'ai pas les moyens.

• Je trouve aucun sport qui me plaît car :
1) Je veux pas devenir carrée,
2) j'ai pas envie de me blesser, et
3) j'ai pas envie de puer la transpiration. Et en bonus :
4) Des douches communes ? Pardon ? C'est une blague ?

• Je commence mon régime aujour'… Mmmh, un brownie ! Je commence demain, promis !

• Ça sert à rien que je fasse du sport maintenant : on est en hiver, personne verra mon corps !

• Ça sert à rien que je fasse du sport maintenant : on est presque en été, c'est trop juste. L'année prochaine, promis !

• Je peux pas faire mon régime maintenant, y'a Noël qui arrive ! Ensuite mon anniversaire, puis Pâques, puis Halloween ! En fait, je ne pourrai jamais faire de régime…

• Non mais j'ai pris du poids parce que je n'ai personne à qui plaire ! Mais quand j'aurai un mec, ça ira mieux…

Ah oui… Mais le problème, c'est que j'ai toujours pas de mec. Il est donc temps d'accepter la demande d'ami de ce cher Anthony rencontré hier sur Tinder… Histoire de voir…
La règle n° 9 de ma liste de Princesse est donc, elle aussi, un gros FAIL :

« UNE PRINCESSE PREND SOIN DE SON CORPS POUR PARAÎTRE AUSSI PARFAITE QU'UNE PEINTURE... »

Je mangerai ce que je veux. Parce que je suis une Princesse.

— Jour 4 —

À peine levée, je me connecte sur Facebook. Je vais sur le profil d'Anthony et je commence à écumer ses photos. Contre toute attente, il est DIX FOIS MIEUX que ce que j'avais pu voir jusqu'à présent ! Il est souriant, l'air sociable… Mais un truc me fait tilter. Une photo avec une fille qui semble être son ex. Pourquoi je tilte ? Parce qu'elle est juste SUBLIME. Et on ne va pas se mentir, hein, quand un mec est sorti avec une bombe atomique qui a l'air d'avoir plus de deux neurones actifs, forcément, on se dit : « Ce mec-là doit être génial. »
Il ne m'en fallait pas plus pour craquer. Oui, je sais, c'est superficiel mais j'assume.

ARRÊTEZ DE ME JUGER !

C'est décidé : je vais lui parler. Mais avant, j'ai besoin de conseils.

Quand une fille envoie un message à un mec...

Et que celui-ci ne se doute pas que le texto a été lu, relu,
et validé par tout son groupe de copines.

Bah oui hein, les premiers échanges, c'est là que tout se joue ! Faut pas se foirer !

< Messages **Johan** Contact

Help, je viens d'accepter la demande FB d'un mec qui a l'air vraiment top, je vais lui dire quoi ?

Bah...
Rien.

Rien ?!

Non, tu fais rien, tu veux lui donner l'impression de lui courir après ou quoi ? Laisse-le venir tout seul

Et s'il vient pas me parler ?

C'est qu'il s'en fout de ta gueule ;)
Au moins tu seras fixée !

Ouch.

Après tout, c'est un mec, donc il doit savoir de quoi il parle… Bon, je vais prendre mon mal en patience et attendre qu'Anthony vienne de lui-même.

- Jour 5 -

J'attends.

- Jour 6 -

J'attends toujours.

- Jour 7 -

Il doit être débordé…

- Jour 8 -

Peut-être que je ne lui plais pas… C'est mes photos ? Mes statuts ? Où est-ce que j'ai merdé, bordel ?!

- Jour 9 -

Peut-être qu'il ne sait pas comment m'aborder ?
Je vais poster une photo un peu sexy sur ma page. S'il la like, c'est que je lui plais !
Oui, j'assume encore mon côté superficiel, ça vaaaa ! **ÇA VA !**
Direction donc Instagram, histoire de rechercher les comptes les plus suivis de filles canon, pour pouvoir m'en inspirer.
C'est alors que se dessine devant moi… la perfection… le paradis…
Ces filles sont non seulement belles et bien foutues, mais elles ont l'air d'avoir une vie tellement géniale ! Voyages, sport, amis, soirées chics… De vraies Princesses modernes.
Il ne m'en faut pas plus : si elles, elles y arrivent, je peux au moins essayer. Peut-être qu'en faisant le même genre de photos, j'aurai tout le reste.
Ben oui, qui dit jolies photos dit likes ; qui dit likes dit « popularité » ; qui dit « popularité » dit amis, soirées… et bim : Princes Charmants !

Pas con comme raisonnement, hein ?

Une rapide analyse des profils me permet de remarquer que sur Instagram, les photos les plus populaires sont les suivantes :

LA PHOTO « I WOKE UP LIKE THIS »

Ou comment se montrer (soi-disant) au réveil, (soi-disant) sans maquillage, les cheveux attachés (soi-disant) n'importe comment, en tenue cosy mais sexy. On montre qu'on est avant tout une fille simple, une fille comme toutes les autres, sauf que voilà : on n'a pas toutes cette dégaine au réveil...

Niveau de difficulté à reproduire cette photo : 4/10 (1 si vous maîtrisez Photoshop).

LA PHOTO EN MAILLOT DE BAIN

Parce que oui : on voyage, on part en vacances, on est bien foutues et on le montre ! Et s'il y a possibilité de montrer ET les seins ET le cucul, alors c'est la photo-trophée !
Tant qu'on est bien foutue, bien entendu.
Bonus : si t'as des abdos (tu sais, les deux lignes verticales, là…) alors la photo explosera tous les records.

Niveau de difficulté à reproduire :
9/10 (bah oui, un corps pareil, c'est 1 meuf sur 10 000).

LA MÊME, MAIS AVEC LES COPINES

Mêmes critères que photo précédente, mais multipliés par le nombre de copines concernées.

Niveau de difficulté à reproduire : 10/10 (en gros : impossible, sauf si vous êtes des triplées).

LA PHOTO « CE SOIR, J'VAIS PÉCHO »

Ici, on montre sa tenue de soirée : plus il y a de marques pour faire rager les followers, mieux c'est. On sort sa plus belle robe, ses plus beaux Louboutin (attention : uniquement la dernière collection, sinon on perd en crédibilité !!), son plus beau sac Chanel et ses plus beaux bijoux.
Être classe n'est pas un critère.

Niveau de difficulté à reproduire :
7/10 (si vous avez le compte en banque adapté : 1/10).

LA PHOTO « JE FAIS DU SPORT, ET JE TRANSPIRE MÊME PAS »

Eh oui, parce qu'on est une fille active et qu'on veut bien faire comprendre à nos followers que notre corps, on le doit pas à nos bons gènes, ni à la chirurgie esthétique. Non, on bosse dur dur DUR, et on le prouve !
On le prouve encore mieux avec des tenues (très) moulantes, des poses (très) sexy et le cul en arrière parce que oui, les squats, ça se fait comme ça, c'est bien connu. Et ça fait gagner des followers.

Niveau de difficulté à reproduire :
8/10 (10/10 pour celles qui vraiment ne font jamais de sport ; auquel cas, s'en tenir à la photo #2).

LA PHOTO « MMMM... J'AI TEEEEEELLEMENT FAIM ! OH OUI ! »

Officiellement, on poste cette photo juste pour montrer qu'on se nourrit et pour que vous sachiez que notre vie est mieux que la vôtre, genre : « Heyyy, je mange une glace, et pas toi ! », « Heyyyy, je mange un Mister Freeze, et pas toi ! », « Heyyy, je mange une sucette, et pas toi ! »
À ceux qui pensent qu'il y aurait un autre message caché dans cette image, c'est vraiment TO-TA-LE-MENT déplacé !
Bonus : lâcher un bout de décolleté.
« Ah non, mais je le jure, j'étais vraiment habillée comme ça. Bande de pervers ! »

Niveau de difficulté à reproduire :
2/10 (4/10 si on n'a que de la glace en pot).

Suite à cette enquête, j'entreprends de faire exactement les mêmes photos, avec les mêmes poses et les mêmes tenues. Sauf celle avec les copines sur le yacht : j'ai dû faire un petit montage sur Photoshop, mais franchement, on y croit assez…

… Je suis assez fière de moi.

Tant que j'y suis, je décide aussi de créer un compte Instagram. Comme on peut le relier à Tinder, je vais peut-être attirer plus de regards sur mon profil… J'en profite pour poster mes nouvelles photos sur Facebook, bien sûr.

Me voici donc équipée de la parfaite panoplie « Princesse Instagram » : poses sexy, amies archi canon, ma tête au réveil (enfin, genre)… Mon compte ressemble à ceux de toutes les nanas canon, et en y jetant un œil, on le confondrait presque avec une pub pour une agence d'escorts de luxe. Mais enfin… c'est une autre histoire…

LA GUERRE PEUT COMMENCER.

- Jour 10 -

À peine réveillée, je checke direct Facebook (oui, parce que ça passe avant de faire pipi et avant de rassurer ma mère qui a essayé de m'appeler 12 fois tôt ce matin).

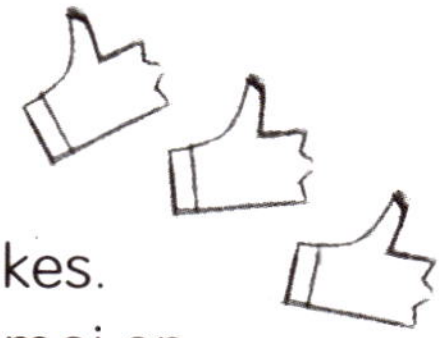

Et là…
Sérieux… ?
… Je viens d'exploser mon record de likes.
Un record de likes pour des photos de moi en mode « j'me la raconte à mort sur mes photos parce que je suis une fille extra superficielle et que je fais semblant d'avoir une vie cool ».
Ok ok, c'est donc CE genre de photos que les gens veulent voir ?

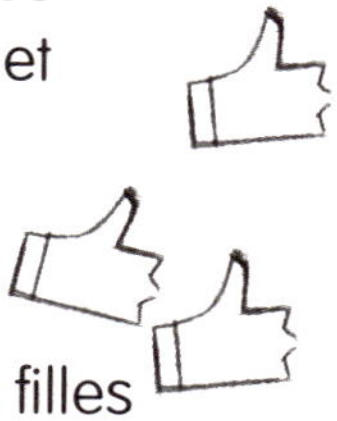

Pourquoi pas hein, après tout, beaucoup de filles l'ont compris et le font à outrance sur les réseaux, je ne vois pas pourquoi je me priverais. ;)

Hein, quoi ? Pour ma morale ?

Ça devrait me poser un problème moral ?

… **LOL**.

Parmi les innombrables notifications, j'en repère une en particulier : Anthony a bien liké mes photos.

Je le prends comme une façon de me dire « tu me plais ». On est sur la bonne voie ;)
À cet instant, une petite voix dans ma tête, qui ressemble suspicieusement à celle de **GLADYS**, ajoute : « À moins que ça ne signifie "je veux te baiser". »

Toujours là pour tout casser, celle-là…

Je décide de ne pas l'écouter : je crois encore au Prince Charmant, donc je ne vais pas juger ce mec d'entrée de jeu (on ne va pas tout gâcher dès le début, je voudrais pas non plus faire fuir mon futur mari, ainsi qu'Éva et Elliot, nos deux futurs faux jumeaux).
Sauf qu'il y a un gros point négatif : il ne m'a pas écrit un seul message privé… pour le moment.
Bon allez, je like une de ses photos pour lui montrer que moi aussi, je l'aime bien !

Puis je fais un tour sur mon Instagram. Je n'ai pas encore beaucoup d'abonnés, seulement 27 dont la plupart sont mes amis, mais c'est pas grave – il faut bien commencer quelque part !

Taylor Swift aussi, à un moment ou un autre, n'a eu que 27 fans, donc comme elle, je suis vouée à une carrière internatio…
Quoi ? Ça va, hein.
« Vis tes rêves, ne rêve pas ta vie », voilà, je vous place une phrase de kikoolol pour me justifier.
Sous mes photos, quelques commentaires disent « Tu es trop belle ». C'est bon, là, je suis partie pour avoir un gros smile toute la journée !

(Oui, j'y crois. Et alors ? Comment ça, les gens sont faux-culs sur Internet ?)

Enfin, toute la journée… Non, parce que le soir venu, **CE CON** d'Anthony ne m'a toujours pas écrit. (J'aime bien insulter les gens qui m'ignorent. Puis les aduler une fois qu'ils m'écrivent. Petit problème de schizophrénie, rien de grave.)

Je fais quoi ? Enfin je veux dire, je fais quoi « raisonnablement » ? Parce que si je m'écoutais là, voici ce que je ferais :

- Stalker toute sa page FB depuis 2008 jusqu'à regarder le profil de chaque fille qui a posté chez lui.

- Liker sa photo.

- Pas de réponse ? Ok.

- MP.

- Toujours aucun signe de vie ? Ok.

- C'est décidé, je vais aller sonner chez lui.

- TOUJOURS RIEN ?? Ok.

- Bon, bah on va poser une bombe sous sa voiture.

Bref, je vais m'en tenir à l'option MP.

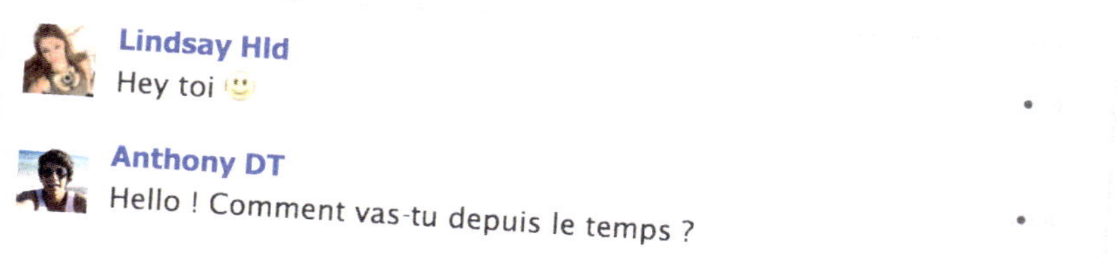

« Depuis le temps » ??? Mec, si t'avais l'impression que ça faisait si longtemps, tu n'avais qu'à taper quelques lettres sur ton clavier. C'EST PAS COMPLIQUÉ !
Ça y est, il m'a saoulée…

16:50
Lindsay Hld
🙂 j'ai été tellement occupée ça bouge bien ! Et toi alors ?

Oui bon, ça va hein. Je suis faible
et alors ? Tu vas me juger ?

Anthony DT
16:52
Ah super je suis content pour toi si ta vie de princesse te satisfait bien 🙂 moi ça va très bien !

Et donc… ?
Y'a pas de question… Je réponds quoi, moi, à ça ? SÉRIEUX, QU'EST-CE QU'IL Y A À RÉPONDRE À UN MESSAGE PAREIL ?? OUIII JE CRIE !!!!! JE PANIQUE ET ALORS ???!!!!!! KESTUVAFAIIIIIR ???????

16:50
Lindsay Hld
oui lol

… Et merde. J'ai vraiment paniqué.

Dans un élan de folie totale, sans penser un instant à la HONTE que je m'inflige, j'envoie un screenshot de la conversation à mon pote Nico. Lui, c'est un mec – il saura forcément quoi répondre !

MDR t'es vraiment
une galérienne!

Oui bah ça va ! Help stp
tu répondrais quoi? Enfin
tu voudrais qu'une fille
te réponde quoi à toi?

"Je veux tes bébés"

Ok super... Mais
sérieuuuux Nico !

Sois cool c'est qu'un mec
ça va, y en a plein d'autres
sur Terre! Dis-lui "Mais...
Je pourrais peut-être te
faire de la place dans mon
emploi du temps surchargé"

Sans smiley, rien?

Bah mets-en un si tu veux

Un comme ça " :D" ou
un comme ça ";)"??

Tu te prends trop la
tête pour rien...

Mais non.

Ok, j'aurais probablement été plus aidée si j'avais envoyé « Désespérée » au 8 12 12. Merci Nico !

Retour à Anthony.

Lindsay Hld
Mais, je pourrais peut-être te faire une petite place dans mon emploi du temps surchargé 🙂

Anthony DT
Ah, bah pourquoi pas.

Lindsay Hld
🙂

Lindsay Hld
Tu es libre quand ?

Anthony DT
Mardi soir ça t'irait ?

Lindsay Hld
Top 🙂

ET VOILÀÀÀÀÀÀ !! J'AI UN RENCAAAARD !!!!
J'AI UN RENCAAAAAARD !!

Et comme j'aime exhiber ma joie aux yeux et aux oreilles des gens comme une vraie connasse (que je suis), j'appelle Anaïs.

Sauuuf que ça ne se passe pas comme prévu.

Anaïs - *Aiiie... C'est toi qui lui as proposé le rencard ?*

Moi - *Oui et non... Je lui ai soumis l'idée, quoi...*

Anaïs - *Ça sent pas bon, meuf !*

Moi - *Depuis quand une fille ne peut pas faire le premier pas ? On est tous égaux, nan ? C'est fini les années cinquante tu sais, et puis c'est lui qui m'a parlé en premier sur Tinder : c'était à moi de faire le premier pas... enfin le deuxième, quoi.*

Anaïs - *Mais t'attendais pas que ce soit lui qui propose ?!*

Moi - *Bah... si. Mais, c'est peut-être pas ce genre de mec.*

Anaïs - *Arrête de lui trouver des excuses ! Si vraiment il était intéressé, il t'aurait demandé cash.*

Moi - *Si ça se trouve, il est timide ?*

Anaïs - *Vous étiez sur Facebook ! Il avait rien à perdre !*

Moi - *C'est pas cool ce que tu dis...*

Anaïs - *Non, mais je te souhaite d'avoir raison... Tu le vois quand ?*

Moi - *Demain soir.*

Anaïs - *Alors sois cool avec lui, détachée, souriante, et ta personnalité fera le reste !*

Moi - *Pfff... Tu me fais douter maintenant. J'aurais peut-être pas dû écouter Nico...*

Anaïs - *C'est Nico qui t'a dit de faire le premier pas ? Haha ! Il te kiffe tellement ce mec, que ça m'étonnerait pas qu'il ait dit ça juste pour que tu te plantes !*

Mmhh… Elle m'a vraiment mis le doute, là. Est-ce que Nico aurait été capable d'aller jusque-là ? J'ai bien vu qu'il m'aimait plus que juste une « pote », et j'ai même dû le friendzoner sévère…

C'est vrai qu'il est plutôt mignon (avec des airs de grand geek maladroit), qu'il me fait rire non-stop et prend tout le temps de mes nouvelles, mais je pensais qu'il était comme ça avec toutes les filles ! D'ailleurs, sa liste d'ex parle d'elle-même... Les détails aussi. TOUS les détails. Oui... Oui parce qu'il aime bien raconter tous les détails, bons ou mauvais hein, surtout les mauvais, en fait... Gros tue-l'amour. J'ai pourtant tout fait pour qu'il comprenne qu'il n'y aurait jamais rien entre lui et moi (bon, disons que se rouler des pelles qui puaient la bière au 21e anniversaire d'Anaïs, ça compte pas…). Mais je jure que depuis ce jour-là, j'ai été assez honnête avec lui.

Bref, il est dans la friendzone, alors c'est un ami…
Et un ami, ça ne fait pas des coups de pute !

(Enfin, sauf Gladys.)

COMMENT METTRE QUELQU'UN DANS LA FRIENDZONE

NE JAMAIS RÉPONDRE À SES COMPLIMENTS.

Jamaiiiiis ! C'est comme ça qu'il te teste… Il te complimente pour savoir s'il y a moyen !
Exemple : quand il te dit « Tu es vraiment jolie », si tu réponds « C'est gentil, merci ! », il aura forcément plus de doutes que « Oh ! T'es mignon toi aussi ! »
La sortie de la mort qui tue ? Quand il balance : « N'importe quel mec aurait de la chance d'être avec toi. » Oui, parce qu'il s'inclut dans cette phrase ! Autant répondre « Ah bah va leur dire alors ! Tu seras mon wing-man ! » Avec cette réplique, tu l'écartes pour de bon de ta zone de ciblage et tu es tranquille !
En plus, peut-être qu'en bon pigeo… samaritain, il te trouvera vraiment un mec ! ;)

NE JAMAIS LUI ENVOYER DE PETITS MESSAGES MIGNONS QUAND ON EST DÉPRIMÉE.

Oui, oui, oui, on y est toutes passées, hein. Pas la peine de faire genre. Tu vois, ce moment où tu rentres de soirée bourrée et où tu envoies un texto à ton ex pour lui dire à quel point il te manque ? Bah là, c'est pareil ! On se sent horriblement seule, alors on écrit un message à un pote, juste par besoin de compagnie. Sauf que le lendemain quand tout va mieux, on doit lui arracher le cœur en mode *The Walking Dead* et ignorer chacun de ses messages. Et comme on n'est pas des connasses (enfin… la plupart du temps), ON OUBLIE !

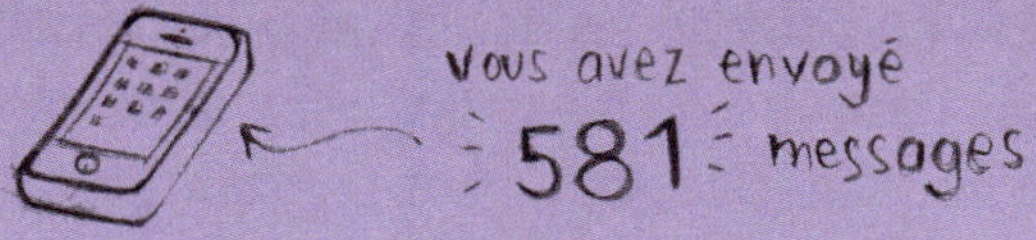

BIEN LUI RÉPÉTER COMBIEN VOTRE AMITIÉ EST IMPORTANTE.

À quel point c'est un ami génial. À quel point tu apprécies tout ce qu'il fait pour toi. À quel point tu le vois presque comme un frère. Sauf s'il est dans un délire glauque genre inceste, Lannister et tout ce bordel, aucun risque qu'il prenne ça pour des avances ! Et s'il tient vraiment à votre amitié, il ne risquera pas de tout foutre en l'air.

LUI PARLER D'AUTRES MECS.

En lui passant les détails bien sûr, tu n'es quand même pas une connasse cruelle. (ET NON, tu n'es pas une connasse tout court ! Enfin, on t'accorde le bénéfice du doute…) Le principe, c'est qu'il ne se fera aucun film s'il sait que tu en kiffes un autre. Bien sûr, y'a toujours le cas de figure du parano qui pense que tu veux juste le rendre jaloux. Mais ça, c'est le jeu, ma pauvre Lucette.

Voilà donc pourquoi Nico est mon « conseiller en problèmes de mec ». Il me répond ce qu'il aimerait que moi je lui dise, et j'utilise cette réponse pour quelqu'un d'autre. C'est moche mais franchement, je vois ça comme un échange de bons procédés ! Après tout, je suis une connasse, moi, et j'assume… ;) Seule faille possible dans ce stratagème : il peut très bien faire en sorte que je me plante…

— Jour 11 —

C'est le jour J ! Et forcément, je stresse.
Je stresse, je stresse, JE STREEEEEESSE !
Je peux pas m'empêcher de me voir déjà en couple avec lui alors que, si ça se trouve, en vrai, il ressemble à Sinok !

Je retourne vite fait voir son profil Facebook, et l'espace d'un instant, j'imagine que bientôt, dans ses infos, il y aura écrit « en couple avec Lindsay ». J'imagine la tête de mon ex quand il viendra stalker ma page, qu'il cliquera sur le profil d'Anthony et découvrira à quel point il est BG (tant que sa photo de profil fait illusion, tout va bien) ! Je vois surtout que le petit Antho, il a liké une page sur la Thaïlande, la page du film *Inception* et Sexy Fitness Girls. Bon, le dernier truc, je préfère zapper… Mieux vaut éviter de lui taper un scandale sur son mur et de l'humilier en public en le traitant de sale pervers dégueulasse alors qu'on s'est même pas vus une seule fois. Je me contente donc de l'insulter dans ma tête.
PENDANT UNE HEURE.

Concentrons-nous sur les deux autres pages. Je pourrais les liker, comme ça, il verra que moi aussi je kiffe la Thaïlande et Incep…
… Non mais sérieux, quoi !

SEXY FITNESS GIRLS ??!!

On a rendez-vous à vingt heures, il est quinze heures. Et détail important : on va au restaurant. Oui, c'est important, parce que j'aurais préféré aller juste boire un verre avec lui, pour commencer, histoire de vérifier qu'il est comme sur son profil. Mais là, si j'arrive et qu'il a la gueule déformée et qu'en plus, il est con comme un balai, je fais comment ? Je lui sors quelle excuse ?

– Oulàlà, j'avais pas vu l'heure ! C'est que j'ai un autre RDV, moi !

(Là, je passe pour une salope qui enchaîne les rencards.)

– Je reviens, je vais faire pipi.

(Et je reviens jamais. Je doute qu'il soit assez con pour y croire.)

- Je me sens pas bien, je vais rentrer.

(Ou carrément l'humilier direct en lui vomissant dessus, le pauvre.)

- Tiens, c'est ma copine qui m'appelle ! Allô ? Quoi ? T'as eu un accident ?? J'arrive tout de suite !!

(Je doute encore plus qu'il y croie.)

- T'étais mieux sur tes photos.

(Honnête, mais pas envie de me sentir responsable quand je verrai son nom dans la rubrique nécrologique de demain.)

Donc c'est plié : je vais être obligée de rire à ses blagues pendant au moins deux heures. Cinq minutes, ça passe, mais **DEUX HEURES**…

On devrait me promettre un Oscar en fin de performance pour me motiver.

Il y a autre chose qui m'ennuie dans l'idée du resto… C'est plein de situations que je ne sais pas gérer !

EXEMPLES :

QUAND JE TOMBE SUR UN BOUT DE GRAS.

Je le mâche pendant dix minutes et je me force à l'avaler ? Ou je le recrache direct lorsqu'il regarde ailleurs, mais je galère tellement à le faire qu'au moment où il recommence à me regarder, tout ce qu'il voit, c'est ce bout de viande plein de bave tombant de ma bouche – ce qui m'obligera à abandonner définitivement toute classe et toute dignité ?

QUAND LE PLAT QUI ME TENTE GRAVE EST LE PLUS CHER DE LA CARTE.

Je passe pour une meuf vénale avec des goûts de luxe ? Ou je prends un truc moins appétissant juste pour être « dans les prix » ? Ou bien je me prends juste la tête puisqu'il n'en a rien à faire ? Sûrement la dernière mais bon. Je crois qu'on aura remarqué depuis le début de ce livre que j'ai des tendances paranoïaques, donc on me pardonne.

N'EST-CE PAS ?

Souris d'agneau en croûte de sarrasin, artichaut rôti au miel de l'Atlas, poivron braisé à l'huile d'Olive de Capri, espuma de cèpe à la truffe.

QUAND ARRIVE L'ADDITION.

J'esquisse un mouvement vers mon porte-monnaie pour voir s'il me sort le fameux : « Laisse, c'est pour moi » ? Parce que le coup de « moit'-moit' », ça va forcément me casser mon délire : ça voudra dire que je ne vaux pas une vingtaine d'euros à ses yeux. (Oui, oui, vingt euros, sauf pour celles dont le resto de quartier est le Fouquet's. Mais dans ce cas, j'imagine que leur grand-père libidineux peut leur payer le repas... ÇA VAAAA !!! j'rigooooole !!!)

SI J'AI UN TRUC QUI TRAÎNE SUR MA FIGURE.

Genre une patte de crevette sur le menton ou un morceau de boudin entre les dents ? Il n'osera jamais me le dire, du coup je m'en rendrai compte seulement une fois rentrée, et j'irai me coucher en me sentant aussi sexy qu'un croupion de phoque baveux.

Voilà donc les questions existentielles qui me font **STRESSER** pour ce soir. Alors, qu'est-ce que je fais ? J'appelle ma copine trop parfaite. Oui, ma copine trop parfaite.

Ça existe. D'ailleurs, toi aussi, tu en as forcément une :

LA COPINE TROP PARFAITE

Tu sais, c'est la fille que tu aimes bien sauf que tu la jalouses à mort. En gros : tu voudrais être comme elle et en même temps, tu préférerais qu'elle meure.
Ce qui t'énerve chez elle :

DÉJÀ, ELLE EST BELLE. Et ça, c'est une raison laaaaaargement suffisante pour ne pas l'inviter aux soirées où il y a des targets potentielles. Elle va te faire de l'ombre, c'est sûr, donc tu trouves une raison pour qu'elle ne puisse pas venir. Toutes tes autres copines oui, mais elle, non. Elle reste à la maison.

NON SEULEMENT ELLE EST BELLE, MAIS EN PLUS ELLE EST GENTILLE ! Ce qui te fait culpabiliser de l'éjecter de 90 % de tes soirées.

MAIS LE PIRE, EN PLUS, C'EST QU'ELLE EST DRÔLE !! Tous tes potes l'adorent, elle est super sociable et à chaque fois que tu la présentes à quelqu'un de nouveau, le lendemain ils deviennent amis sur Facebook. En résumé : tout le monde la kiffe.

(C'en est déjà trop !)

ELLE NE SORT QU'AVEC DES MECS ADORABLES, PRÊTS À TOUT POUR ELLE. Parce que, forcément, ce genre de nana, ça ne reste pas seule longtemps. Toi par contre, avec ton vieil air jaloux, t'attires pas grand monde, pour le coup… :-/
Quand elle est célibataire, elle a toujours une myriade de

courtisans ; et toi, tu te sens comme le pire des thons car s'ils te parlent, ce n'est que pour se rapprocher d'elle.

SECRÈTEMENT, TU RÊVES DE LUI RESSEMBLER.
Du coup, tu adoptes sa tenue vestimentaire, la coiffure qu'elle avait hier, et sa nouvelle couleur blonde si c'est une réussite. *Par contre, si sa couleur est foirée… « Ça te va TELLEMENT bien !! Si, si, j't'assure ! Comment ça, tu trouves ça raté ? Moi j'ADORE ! C'est mille fois mieux qu'avant !! »*

De toute façon, elle se trouve toujours moche et moins bien que les autres. Et toi, tu t'engouffres dans la brèche : tu lui balances même qu'elle est un peu maigre dans l'espoir qu'elle prenne vingt kilos et perde du coup tout son sex-appeal. Quoi ? On peut rêver, non ?

MAIS AU FINAL TU L'AIMES BIEN PARCE QUE, QUAND MÊME, C'EST UNE FILLE GÉNIALE. Son défaut, dans le fond, c'est qu'elle devrait se mettre un peu plus à la place des autres. Elle pourrait faire un effort et baisser un poil la barre, non ?…

Moi, ma copine parfaite, c'est **VANESSA**, une belle brune genre brésilienne-tout-droit-sortie-des-défilés-Victoria's-Secret-avec-quand-même-20-cm-en-moins. Et si elle a un corps de top model, c'est parce qu'elle se motive pour faire du sport. Pire, elle fait son sport avec son chéri en mode #RelationshipGoals à 7 HEURES DU MATIN ! Pendant que toi, t'es encore en train de baver sur ton oreiller à rêver que Ryan Gosling himself t'offre un rôle dans son futur film pour que tu puisses : 1) devenir une star, 2) devenir sa femme. Bref, cette fille a tout pour m'énerver ! (Oui, ma jalousie m'étouffera un jour, j'assume, encore une fois.) Mais comme il faut bien admettre que son couple fonctionne, elle pourra peut-être me donner des conseils pour mon rencard…

Vanessa - *Fais ta Princesse !*

Moi - *Ma Princesse ?*

Vanessa - *Oui, tu le laisses tout faire. À lui de mener la conversation. Même s'il y a des blancs, c'est son problème. Toi, tu n'es que spectatrice. Il se demandera ce que tu penses et s'il te plaît ou pas. Succès garanti.*

Moi - *Et à la fin de la soirée ?*

Vanessa - *Pareil, tu fais rien. S'il veut t'embrasser il le fera, mais toi, nada ! Tu es trop occupée pour penser aux mecs, voilà ce qu'il doit se dire. Que tu n'as pas besoin de lui. Ça lui donnera encore plus envie d'être dans ta vie.*

Moi - *... Pas bête... Donc je reste complètement passive.*

Vanessa - *Voilà. Appelle-moi ce soir quand tu rentres, je veux tout savoir !*

Technique radicale... Mais pourquoi ne pas tenter ?... Après tout, le reste (aka : être moi-même) n'a jamais marché, donc l'approche « passive » ne peut pas être pire ! Surtout que ça a marché pour Vaness', alors j'ai peut-être aussi mes chances :) D'autant qu'elle a prononcé le mot « PRINCESSE ». Coïncidence ??? Je ne crois pas. C'est décidé : je vais suivre ses conseils parce que je suis une Princesse. Prout.

Enfin... Je le suis surtout en apparence, parce qu'en vrai, ma vie c'est plutôt ça :

TOUT CE QU'UNE PRINCESSE NE FERAIT JAMAIS… CONTRAIREMENT À MOI :

Je me rase uniquement si je sais que
1) je vois un mec,
2) je me mets en jupe / robe / short, ou
3) je dois aller à la piscine.
Le reste du temps, c'est freestyle, Chewbacca.

Je ne peux pas m'empêcher d'éclater les boutons / points noirs, que ce soit les miens… ou ceux des autres. Quoi de plus stressant que de parler à quelqu'un qui a une énorme pustule sur la joue ? Impossible de se concentrer ! Ma seule envie, c'est de lui sauter dessus et de retirer ce suppôt de Satan de son visage pour ensuite crier fièrement : « T'as vu ce que je viens de t'enlever ?? C'est énorme !! Je suis un héros ! »

Je défais systématiquement le bouton de mon pantalon quand je mange trop. Ça me donne une allure de baleine boulimique, mais c'est soit ça, soit mon estomac implose. Et je ne veux pas voir ça.

Peu importe que mes règles soient à l'heure, inexistantes ou en retard : je suis TOUJOURS convaincue d'être tombée enceinte. Même si je n'ai pas eu de mec depuis deux ans et demi.

Je lave mes fringues, bien sûr. Mais mes soutiens-gorge… ?

Je mens toujours quand on me demande ma taille de fringues. TOU-JOURS.

Je stalke les filles qui likent les photos / statuts des mecs que je kiffe. Et rien ne m'énerve plus que de constater qu'elles cachent leurs photos de profil, ces gogoles. Je ne peux pas les stalker, et je suis sûre que ça veut dire qu'elles ont quelque chose à cacher.

(Paranoïa, je vous ai prévenus.)

Les cheveux que je perds sous la douche, je les pose délicatement sur le bord de la baignoire en me disant que je les jetterai après. Résultat, trois semaines plus tard : un amas de mèches dégueu exactement au même endroit. SI, SI, SI, toi aussi tu le fais, alors ne me juge pas ! Je confesse ici mes crimes, tu devrais en faire autant !

Quand j'adore une fringue dans un magasin mais que la seule idée de l'essayer me donne envie de mourir, je l'achète en me disant :
« Si ça va pas, je me ferai rembourser. »

Sauf que j'ai tellement la flemme de retourner à la boutique que je garde toujours tout, à tout jamais.

Je peux passer une demi-journée sur Internet à remplir un panier en ligne… pour ensuite tout supprimer parce qu'en vrai, je n'ai besoin de rien.

Puis pleurer parce que j'ai perdu une demi-journée à faire de la merde. Comme d'habitude.

Je checke sans arrêt mon téléphone pour voir si j'ai des messages alors que le son est à fond.

(et que je sais très bien que je n'ai pas de message parce que personne ne m'aime)

Du coup, je mets mon téléphone sur silencieux et le positionne face en bas parce que je ne supporte plus tout ce suspense !

Et je remets le son au bout de cinq minutes parce que le suspense est insoutenable !

C'est tombé par terre ? Je mange quand même. Je m'en fous.

Je google les paroles de la nouvelle chanson que mes potes adorent juste pour pouvoir me la péter en soirée : « Ahhh ouais !! Nan, mais c'est parce que je comprends la chanson, je suis bilingue tu sais. »

En sortant du McDo, je me dis toujours : « C'est pas grave si j'ai mangé un double burger, une grande frite et deux cookies puisque j'ai pris un Coca LIGHT. »

Je porte les mêmes fringues deux jours de suite quand je sais que je ne vois pas les mêmes personnes.

(allez trois, si j'ai vraiment la flemme)

Allez, maintenant que j'ai dévoilé mes habitudes les plus inavouables (je vais pleurer en position fœtale sous mon bureau et ne ressortirai qu'une fois qu'on aura mis un pot de glace devant ma porte), à toi ! Tu vas prendre tes petites habitudes en photo et les poster sur le hashtag :

#JeSuisPasUnePrincesseParceque

Comme ça, toi et moi on sera sur un pied d'égalité. C'est de bonne guerre, nan mais !

Confesse ici tes péchés :

Je suis pas une princesse parce que :..............................

....

....

....

....

....

....

....

....

....

....

....

....

Mais, je le sais : il faut évoluer, et je vais me donner les moyens de devenir enfin cette **NANA PARFAITE 24H/24**. (Bien sûr que si, ça existe, les nanas parfaites 24/24, t'as qu'à te regarder dans le miroir ;)... C'était la minute flatterie ! Bisous !)

Donc, même si je n'ai rendez-vous que dans cinq heures, je commence déjà à me préparer. On n'est jamais trop prévoyante ! Mais vu la taille de l'enjeu, j'ai besoin de renfort, et je sais qu'**ANAÏS**, ma meilleure amie Besta Love BFF, pourra me prêter main-forte ! Justement, la voilà qui sonne à ma porte. (Ce qui est cool, quand tu écris un livre, c'est que question timing, t'en as rien à faire. Donc si ça m'arrange qu'Anaïs rapplique tout de suite, elle rapplique tout de suite.) Elle va me sauver la vie (non, je n'exagère absolument pas).

Anaïs - *T'as prévu de porter quoi ?*

Moi - *JE SAIS MÊME PAS !!!!!*

Anaïs - *Du calme, c'est pas grave...*

Moi - *J'AI PEUR !!!!!!!*

Anaïs - *T'inquiète, on va trouver...*

Moi - *FACILE À DIRE POUR TOI !!!!!*

Anaïs - *Tu mérites ma main dans ta gueule là, tout de suite !*

Moi - *OK OK DÉSOLÉE !! JE SUIS STRESSÉE !!!! AIDE-MOIIIIII !*

Anaïs - *Bon, tu préfères quoi ? Robe ou pantalon ?*

Moi - *J'EN SAIS RIEN !! JE VEUX JUSTE ÊTRE CANON SANS RESSEMBLER À UN TRAV' OU UNE PROSTIPUTE !*

Anaïs - *Compris... Voyons voir...*

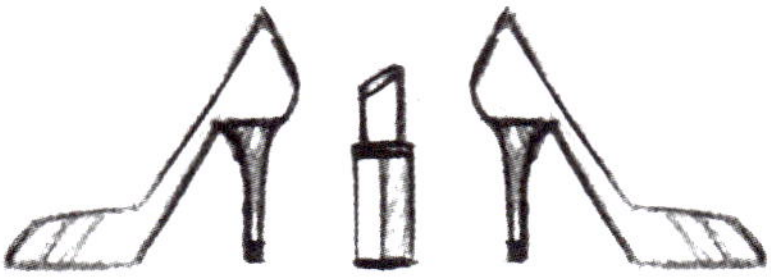

DÉJÀ, ON ÉVITE :

LES ROBES DE SOIRÉE.

C'est pas la remise des Césars. Il ne faut pas qu'il pense que c'est la soirée de ma vie et que j'ai passé deux jours à choisir LA robe. Et envisager le pire : s'il m'emmène dans un kebab, j'aurai l'air d'une totale abrutie.

LE MINIMALISME.

On peut en montrer un peu, mais dévoiler tout, tout de suite : aucun intérêt. Autant envoyer un snapchat de mon cul direct. Un peu de décolleté, why not, mais pas de jambes. Et si on révèle les jambes, on montre rien d'autre. C'est pas les MTV Music Awards, on garde sa dignité.

LES FRINGUES EXCENTRIQUES.

Il aura bien assez de temps plus tard pour découvrir à quel point je suis tarée.

LES TALONS TRÈS HAUTS.

Imagine qu'il ait menti sur sa taille et que je me retrouve face à Passe-Partout… Ridicule.

Anaïs - *Allez go, tu mets ton jean skinny avec tes bottes noires, ton débardeur beige et ta veste en jean. Tu peux pas te louper.*

Moi - *C'est assez classe, tu crois ?*

Anaïs - *Bah tu rajoutes des bijoux, et basta ! Vous allez juste dîner, ça va ! Montre-lui qu'à tes yeux, c'est une soirée comme une autre.*

Elle a pas tort. D'ailleurs, pourquoi elle fait pas ça, elle, lors de ses rendez-vous au lieu d'y aller habillée comme une professionnelle du bois de Boulogne ? C'est tellement plus simple de donner des conseils que de les appliquer… J'en suis la première victime :p

Il me reste donc quatre heures et quarante-cinq minutes d'attente… Suite aux conseils d'Anaïs, je ne suis pas plus maquillée que d'habitude, et je me suis coiffée comme tous les jours. En fait, je ressemble au moi normal, en juste un peu plus classe. Ça devrait le faire !

J'ai quand même passé le reste de l'après-midi à regarder des vidéos de chats qui tombent, de filles qui tombent et de bébés qui tombent. Histoire de déstresser et de me dire qu'il y a pire que moi, dans la vie.

19 H 15, j'ai une demi-heure de métro pour aller au restaurant. Et s'il y a un problème en chemin ? Un bug sur la ligne ? Dans le doute, autant partir tout de suite. D'un autre côté, avec un peu de retard, je passe pour la fille mystérieuse qui a des journées bien remplies… Alors, je suis polie ou pas polie ? Que ferait une Princesse ?

Elle serait ponctuelle. Bah oui. Donc je pars.

Et bien évidemment, j'arrive avec un quart d'heure d'avance et je reste devant le resto à me les cailler comme une pauvre conne.

20 H.
personne.

20 H 10.

personne.

20 H 20.

PERSONNE.

IL SE FOUT VRAIMENT DE MA GUEULE.

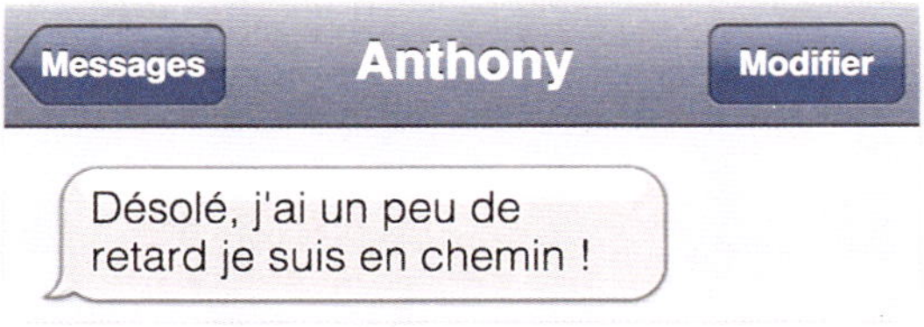

... Ok, gros foutage de gueule, même !! De un, il est en retard, et de deux, il prévient en retard qu'il a encore plus de retard ! Impossible de rester calme, là. Il va falloir que ça sorte !!!

OUI. Je suis une fille faible.

... Et une grosse mytho.

20 H 35, le voilà ENFIN.

Il est là ! Je fais quoi ?! JE FAIS QUOI ??!!
- Reste naturelle !

Vérification rapide, tout a l'air à sa place et conforme aux photos ! J'attends encore qu'il sourisse (ça se dit ? j'ai vraiment la flemme de checker sur Google…) pour être sûre qu'il n'y a pas de mauvaise surprise…

« Alors, c'est dû à quoi, ce retard ? Ta femme ne voulait pas te laisser sortir ? »

La petite vanne pour faire genre je-ne-suis-pas-une-fille-jalouse ! Oh, ça va, on l'a toutes faite ! Mais au moins il a souri, et tout va bien là-dedans !!

Maintenant, reste à évaluer sa matière grise :)
On entre dans le restaurant… Il ne me tient pas la porte. Bon, bah je crois que je vais pouvoir me toucher pour mon Prince Charmant.
On s'assoit, on commande. Il parle.

Il parle… Ilparleilparleilparle.

RÉSUMÉ DE CE RENDEZ-VOUS EN QUELQUES PHRASES QUI ME SONT PASSÉES PAR LA TÊTE PENDANT QU'IL MONOLOGUAIT :

- J'ai tellement hâte de rentrer à la maison pour mater *The Walking Dead*.

- Ok, il répond à des textos en plein dîner… Dis-le, si j'te fais chier.

- Peut-être qu'il écrit à une autre meuf ?!… Salaud.

- Je me demande sur combien de filles il est en même temps ?

- Je me demande si je pue de la gueule, là.

- Si je commande une salade, il va me prendre pour une anorexique ?

- Si je commande un fat burger, il va me prendre pour un goret…

- Tant pis, va pour le goret.

- Wait. Princesse, PRINCESSE ! Feu vert pour la salade ! Avec du ketchup !

- J'ai mal au ventre… Je déboutonne mon pantalon ou j'attends de mourir ?

- Et si c'était lui, mon Prince ?

- Mon ex aussi, à notre premier rendez-vous, a craint du boudin… C'est peut-être bon signe ?

- Bon, il est mignon, il est pas con… Le reste, ça viendra plus tard.

- Est-ce qu'il plairait à mes parents ?

- Est-ce que mon prénom irait bien avec son nom de famille ?

- Il vient vraiment de me parler de son ex, là ?

- Il parle trop… Vraiment trop…

- Ah tiens, un blanc. Comme prévu : je garde le silence.

- Ah… c'est le moment de payer. Mouvement discret vers mon porte-monnaie…

- Attends… Il m'a vraiment demandé de payer ma part ?!

- GAME OVER.

- Sauf que j'ai pas envie de finir seule !!!

- Allez, je lui laisse une deuxième chance…

- Mais quand même… Pourquoi il a pas de copine ? Il a un problème, forcément…

Parce que oui, quand on rencontre un mec potable ET célibataire, on se dit qu'il y a baleine sous caillou.

RAISONS POUR QU'UNE FILLE SOIT CÉLIBATAIRE :

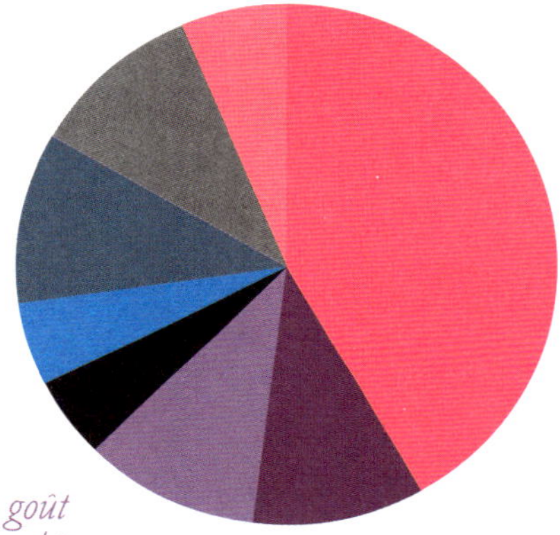

■ *45%*
Elle est trop chiante. Ce qui inclut : jalouse, hystérique, parano, emmerdante, possessive, gueule pour rien… bref, un être humain normal, quoi.

■ *10%*
À côté d'elle on craint pour notre vie, elle menace de te tuer, de tuer ton ex, de tuer tes parents et elle a annulé ton abonnement à WoW. Psychopathe potentielle.

■ *10%*
Elle n'a jamais sa carte bancaire et a un goût prononcé pour les vieux propriétaires de yachts suants.

■ *5%*
Elle aime plus les chats que son propre mec. (La zoophilie est punie par la loi, merciii.)

■ *5%*
Elle est schizo. Elle t'aime puis te déteste. Elle te re-aime à la folie puis elle te tue.

■ *10%*
Son surnom c'est « superglu », elle te suit même quand tu vas aux w.-c., de peur que tu l'abandonnes.

■ *10%*
Elle n'est jamais satisfaite de son mec. Elle pourrait avoir Ryan Gosling à ses pieds, elle trouverait qu'il manque de classe. (Elle, je l'aime vraiment pas.)

■ *5%*
Elle ne fait aucun effort. Un couple ça se fait à 2. Ou à 3, ou à combien vous voulez…

RAISONS POUR QU'UN MEC SOIT CÉLIBATAIRE :

50%
Il a déjà une copine au Brésil et une en Italie… mais tu ne l'apprends que deux mois plus tard.

10%
Il n'est pas assez attentionné… On veut un texto au moins toutes les heures, nous ! C'est trop demander ?

10%
Il est trop gentil… Ah bah, oui, on a besoin d'en chier un peu, nous aussi !

10%
Trop radin ! Limite il te fait payer la bouffe quand il t'invite chez lui.

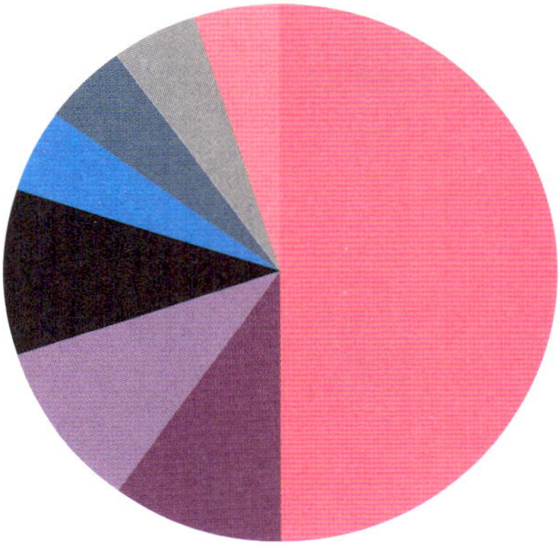

5%
Tout passe avant sa meuf. Même son selfie quotidien.

5%
Aime beaucoup trop nos produits de beauté. Et notre meilleur pote.

5%
Il prend ses copines pour ses bonniches. Mec, si tu veux continuer de vivre dans les années cinquante, t'as intérêt à être au moins au niveau de James Dean.

5%
Il a des délires chelous en matière de sexe. Genre : « Tu peux mettre ton orteil juste LÀ ? »

Dans le cas d'Anthony, j'imagine que je trouverai l'explication bien assez tôt… À première vue, il a l'air de penser un peu trop à son ex… Mais j'espère me tromper.

Bref, on sort du restaurant, il me raccompagne jusqu'au métro.

Eh merde… merde, merde ! Je connais ce moment. Quand le mec est là, face à toi, qu'il dit rien, qu'il observe tes yeux, ta bouche, re-tes yeux… Il va…

nan… nannnn…naaaann…

IL VA TENTER LE BISOU, BORDEL !

Oui, oui je dis bien BORDEL, parce qu'à cet instant, ma plus grosse inquiétude c'est de savoir quel genre de baiser il pratique :

LES BAISERS DÉGUEUS

1. LA LIMACE SUANTE

Si t'as la figure trempée après un baiser, c'est qu'y a un souci. Peut-être que ton mec adoooore prouver qu'il a une langue super performante, n'empêche que si elle pouvait éviter de lécher l'intégralité de ton visage, ce serait pas plus mal. Le meilleur souvenir qu'on puisse garder de quelqu'un n'est PAS sa bave séchée du front au menton.

2. LE « PIOU » DE CM1

C'est froid, sec, sans âme. Je fais les mêmes à mon chat. Autant faire la bise, au moins on ne se sent pas comme une collégienne après le jeu de la bouteille.

3. LE BISOU INVISIBLE

Normalement, on n'atteint ce stade qu'au bout d'un loooooong temps de relation. Le « bisou invisible », c'est un peu le boss des baisers. Donc, à moins que vous vous fréquentiez depuis dix ans, aucune raison que son visage reste à deux centimètres du tien, te soufflant son haleine dans la face et passant cinq minutes à faire une sorte de « repérage » de toute ta face, la bouche ouverte, humant tout ce qui s'y trouve, sans vraiment t'embrasser. Là, c'est weird.

4. L'ATTAQUE DU BISOU

À partir du moment où tu te prends un bout de nez dans l'œil, ou que vos dents partent en fight, c'est que l'opération était mal calculée. Ça fait mal, et en plus on se sent bête. Et comme vous ne vous connaissez pas encore assez pour en rigoler, une seule solution : rentrer vite chacun chez vous. Et ne plus jamais reparler de cette histoire.

5. LE BISOU QUI PUE

Mec, si t'as fumé avant, ou bouffé des oignons, de l'ail, du fromage ou du poisson, sois gentil et garde tes distances. Sinon, à chaque fois qu'on se reverra, cette odeur me reviendra, et je préfère t'associer à du chocolat qu'à des tripes de bœuf. Merci.

6. LE VIOL DE LA BOUCHE

Au moins, tu sais direct ce que ce mec a derrière la tête. N'empêche que c'est violent : y'a morsures, langue qui part au fond de la gorge, et envie de vomir… C'est too much. Ton objectif, quand même, c'est de rentrer indemne de ce rendez-vous.

Eh bien, mon baiser avec Anthony aura été un « piou ++ ». Rien de ouf, mais pas trop nul non plus. Ça va. Je m'en remettrai.

Je peux rentrer tranquille, en pensant que « why not, je l'aime bien, on pourrait se revoir ». C'est alors qu'il me sort :

« TU VEUX VENIR CHEZ MOI ? »

Wait… whaaaat ? Déjà ?? Il manque pas de culot celui-là ! J'ai une gueule à coucher dès le premier soir ?! T'as cru qu'il y avait écrit « jambes ouvertes 24h/24 et livraison gratuite à domicile » ou quoi ? Je grommelle le plus gentiment possible : « Je suis fatiguée et j'ai du boulot, désolée ! À la prochaine ! » Au moins, c'est réglé. Non mais, il a cru quoi lui ?

Jamais je n'irai chez un mec dès le premier soir ! Ni le deuxième ni le troisième… Voilà pourquoi :

LES RAISONS DE NE PAS COUCHER DÈS LE PREMIER SOIR :

TU NE CONNAIS PAS CE MEC, BORDEL !

Si ça se trouve, il ira se la péter le lendemain auprès de tous ses potes : il leur montrera ta photo de profil en te présentant comme « la meuf que j'ai baisée hier soir ! » et n'hésitera pas à raconter tout en détail – en se moquant au passage de ton nichon droit plus petit que le gauche sur lequel il a buggé pendant vos vingt-trois minutes de coucherie.

IL EN DÉDUIRA QUE TU IRAIS CHEZ N'IMPORTE QUEL MEC.

Les hommes aiment les femmes qui se respectent et qui ne couchent pas avec tout ce qui bouge. (Oui, on dirait la phrase qu'une bonne sœur pourrait te sortir à ton entrée au couvent, mais c'est pas grave. Comme dirait mon maître spirituel Perceval : « c'est pas faux ».) Sauf s'ils n'en veulent qu'à ton cul, et dans ce cas, tu as bien raison de leur mettre un gros vent, à ces dalleux.

TU PENSES QU'IL FAUT COUCHER AVEC LUI POUR NE PAS LE VEXER / POUR QU'IL T'AIME.

Alors là… TU TE PLANTES COMPLÈTEMENT !! Une fois qu'il aura eu ce qu'il voulait, il ne se dira pas : « C'était génial !! Je me sens tellement fier et valorisé que j'ai envie de présenter cette fille à mes parents !! » Non, non… Il passera à autre chose parce qu'en vrai, la nana qu'il recherche, c'est celle qui lui résistera un minimum (voir point précédent).

TU L'APPRÉCIES VRAIMENT, TU IMAGINES UNE RELATION DURABLE AVEC LUI... Mais de son côté, peut-être que tout ce qu'il veut, c'est du sexe. (Et je le répète : à partir du moment où un mec cherche à coucher avec toi dès le premier soir, c'est qu'il ne cherche rien de sérieux. Sinon, il ne te brusquerait pas et attendrait le temps qu'il faut.) Tu veux vraiment risquer qu'il te largue une fois son coup tiré et te sentir triste et dégueulasse ? Eh bah non. (Sauf si tu es masochiste. Après tout, chacun son délire :))

TU SAIS PAS OÙ SON ZIZI A TRAÎNÉ !

Combien de fois j'ai entendu des filles dire qu'elles ont couché le premier soir sans protection... Ça me donne envie de les frapper au visage avec une culotte de chasteté !

De un, tu peux tomber enceinte, et si tu ne connais même pas les risques du sexe sans protection, alors pour le bien de l'humanité : abstiens-toi de faire des bébés !

De deux, tu peux choper des MALADIES ! Pour dix minutes avec un mec, ça peut être des mois voire des années à faire des tests, à te faire trifouiller l'engin par le gynéco, tout ça pour peut-être même... mourir. Ah bah oui, dit comme ça, c'est tout de suite moins fun...

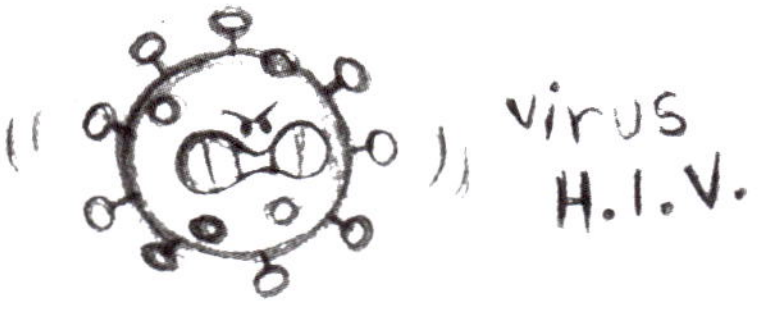

Voilà, Sœur Lindsay a terminé sa leçon de morale, vous n'oublierez pas d'allumer un cierge en sortant, et de prier notre grande Déesse Taylor Swift. Merci.

Je rentre donc chez moi, déçue de lui mais
la tête haute. Ce soir, je n'ai pas trouvé
mon Prince Charmant, mais je me sens
quand même comme une Princesse.
Et cerise sur le gâteau : j'ai rien entre les dents.
Échec et mat. **J'AI ÉTÉ PAR-FAITE.**

- Jour 12 -

Le lendemain, au réveil, je suis tiraillée entre plusieurs sentiments : la fierté, la colère mais aussi l'inquiétude.
Fière : de lui avoir dit non,
Fâchée : de son comportement et de son culot,
Inquiète : aurait-il capté des signaux de ma part indiquant qu'il y avait moyen ? Qu'est-ce que j'ai pu dire ? Est-ce que j'ai eu une attitude trop légère ? Je ne comprends pas trop… et c'est ce qui me préoccupe…
Mais ce n'est rien comparé à ce qui m'attend.
Je me connecte à Instagram. Et là… Mon compte a été envahi de commentaires horribles.

« SALE PUTE »

« T'AS PAS HONTE DE T'EXHIBER COMME ÇA ? »

« J'LA BAISERAIS BIEN ELLE »

« SALOPE »

Et j'en passe…

Wow, wow, wow… Pourquoi tant de haine ? De méchanceté gratuite ? Juste pour… des photos ? Les gens s'énervent vraiment pour rien.

Ces commentaires viennent de personnes que je ne connais pas, en plus… Il y en a une cinquantaine. Bon, que faire… les bloquer ? Supprimer ces messages haineux… ?

Et d'abord, ces gens, là, ils n'ont que ça à faire de leurs journées ? Aller sur des comptes Instagram et balancer des insultes ? Dans quel but ? Satisfaire leur ego ? Casser des nanas pour se sentir mieux dans leur peau ? C'est quand même triste d'avoir une vie si merdique, non ?

Je meurs d'envie de répondre, mais ce serait m'abaisser à leur niveau, leur donner ce qu'ils veulent. Ils n'auront pas cette satisfaction. Mais les bloquer, ça oui : ce sera ma façon de leur dire *« fermez vos gueules »*.

On m'insulte parce que je poste une photo avec un petit décolleté ? Une autre où on me voit en entier ? (Oh mon Dieu !! Elle a osé montrer son corps tout habillé ?! Sur Internet ?? Espèce de sale chienne !!) Et une où je suis, selon eux, « trop maquillée »…

ET ALORS ?!! C'est mon compte, mes photos, mon corps, ma tronche, et ma putain de liberté ! J'ai vingt-quatre ans, bordel ! Je ne suis pas une ado de seize ans qui pose sur Insta à quatre pattes sur son lit en bikini ! Personne n'a à me dire ce que je peux faire ou non. Poster des photos de moi devant mon miroir, ça ne fait pas de moi une pute – juste une femme qui s'assume et qui le montre. C'est quoi votre problème, bordel ?! C'est pas comme si j'étais à poil ! Je ne montre absolument rien et mes poses n'ont rien de porno. J'aime juste les belles fringues, me maquiller et me prendre en photo. Si tu me prends pour une pute, c'est toi qui as un problème.

ALORS, RIEN QUE POUR LES FAIRE CHIER, JE POSTE UNE AUTRE PHOTO.

Avant je faisais attention à ce que les gens pensaient de moi…

… jusqu'à ce qu'un jour j'essaie de payer mes factures avec leur opinion.

Non mais je vais pas me laisser emmerder par des micro-zizis submergés de frustration.
Le truc qui m'inquiète, au final, c'est qu'il y a aussi des filles qui ont laissé ce genre de commentaires. Elles me font de la peine. Que les mecs se permettent de nous insulter, c'est une chose (je vote pour une option « Signaler ce commentaire à la mère de l'utilisateur »)... Mais entre filles, c'est tellement PAS normal. Soutenons-nous les unes les autres, bordel de merde, c'est pas compliqué ! Et que celles qui n'y arrivent pas se taisent ! Y'a assez de problèmes sur Terre pour qu'on en vienne pas, en plus, à s'insulter pour des photos...
À moins que ce ne soit de la jalousie ?
Remarque, ça expliquerait tout...

Hey Dieu,
si tu ne peux pas me rendre jolie,
fais au moins que les autres
soient moches.

Bon, quand tu cliques sur les comptes de ces filles et que tu tombes sur des tonnes de selfies, tout s'éclaire… Voici la vraie raison de leurs insultes : elles veulent se rassurer… Car elles manquent gravement de confiance en elles. Et riposter ne sert à rien, au contraire, elles ne chercheront qu'à se rassurer davantage.

RAGE DONC AUTANT QUE TU VEUX. C'EST PEINE PERDUE.

À savoir : les haters renforcent la célébrité des gens qu'ils insultent. Pas la leur ;)

N'empêche qu'il est temps de rayer la règle n° 5 de ma liste de Princesse.

« **5. UNE PRINCESSE EST HUMBLE. C'EST POUR CELA QU'ON L'ADMIRE** » = FAIL. Et j'assume ;)

Moi au quotidien.
Moi quand je lis vos commentaires.
Moi quand je vous aime.

ET QU'ON SOIT CLAIRS, LES PHRASES SUIVANTES, VOUS POUVEZ VOUS LES METTRE OÙ JE PENSE :

« Pourquoi tu te maquilles autant ? Nous, les mecs, on préfère les filles au naturel ! »
→ On s'en tape le cul par terre de ton avis. Je me maquille pas pour vous, Ô mâles tout-puissants.

« Normal que tu te fasses insulter, t'as vu comment tu t'habilles ? »
→ Ça revient à dire : « Normal que tu te fasses violer, t'avais qu'à pas porter de jupe. » Connerie puissance 10 000.

« Tu pourrais pas faire un effort pour être plus féminine ? »
→ Pour qui ? Pour toi ? Va te toucher sur les photos d'autres filles, je passe mon tour.

« Pourquoi tu fais la gueule ? Allez, souris ! »
→ C'est mieux comme ça ?

« J'aime bien cette photo mais tu pourrais en montrer plus… »
Je savais pas que « Youporn » s'écrivait « Instagram », maintenant... Tu veux un Bescherelle ?

« T'es trop maigre, putain ! Bouffe un truc ! »
Merci, jusqu'à présent, je me passais très bien de ton avis pour savoir quoi faire de mon corps. Mais là, tu as tout changé. Donc maintenant, tu peux prendre ton opinion et te la mettre où je pense.

« Y'en a une qui a oublié de faire un régime ! »
Se référer à la réponse précédente.

« C'est quoi ces chaussures de pute ? »
Celles qui vont aller droit dans ton cul.

Hum... Pendant un moment, j'ai failli perdre mes bonnes résolutions de princesse, parce que :

VOUS M'ÉNERVEZ AU MOINS AUTANT QUE :

LES GENS QUI SIFFLENT DU NEZ quand ils respirent.

LES GENS QUI PUENT LA TRANSPI et pigent pas le message quand tu balances : « Putain, mais ça pue la transpi ici !! »

LES GENS QUI FONT DU BRUIT EN MANGEANT même après s'être pris des regards de la mort qui tue.

LES GENS QUI TE FIXENT et ne détournent pas le regard quand tu les as grillés.

LES GENS QUI NE S'ÉCARTENT PAS quand ils arrivent en face de toi sur le trottoir, et qui se plaignent quand tu leur fonces dedans pour te venger.

LES GENS QUI DISENT : « C'EST PAS POUR ÊTRE MÉCHANT, mais… »

LES GENS QUI ÉCOUTENT LEUR MUSIQUE SUR LEUR PORTABLE DANS LES TRANSPORTS, surtout que dix fois sur dix, c'est de la bonne grosse daube.

LES GENS QUI REGARDENT PAR-DESSUS MON ÉPAULE CE QUE JE FAIS SUR MON PORTABLE.

LES GENS QUI MONTRENT LEUR POIGNET QUAND ILS ME DEMANDENT L'HEURE. Je sais où se porte une montre, merki.

LES GENS QUI COMMENCENT PAR : « JE PEUX TE POSER UNE QUESTION ? » Tu me laisses pas trop le choix, en fait…

LES GENS-QUE-J'AIME-PAS QUI KIFFENT LES MÊMES CHOSES QUE MOI. Ils pourraient pas kiffer des trucs nuls, plutôt ?

CEUX QUI RÉPONDENT « BONSOIR » QUAND JE LEUR DIS « BONJOUR ».

CEUX QUI RACONTENT SANS ARRÊT QU'ILS SONT FAUCHÉS et qui claquent des fortunes en fringues et nouvelles technologies.

CEUX QUI TE PARLENT ALORS QUE TU PORTES TRÈS VISIBLEMENT TES ÉCOUTEURS.

j'aime pas les gens parce que |

j'aime pas les gens - Recherche Google

j'aime pas les gens parce que **c'est gratuit**

Voilà.

Bref, je refuse de me laisser abattre par ce petit incident d'Instagram et je continue ma vie. Mais quelque chose me tracasse… J'ai besoin d'un avis sur mon histoire avec Anthony. SOS Vaness'.

Moi - *Allô ? Ouais, dis, le mec que j'ai vu hier ne m'a pas réécrit. Je fais quoi ?*

Vanessa - *Bah... Rien.*

Moi - *Rien ? Sérieux ?*

Vanessa - *Pourquoi tu lui écrirais ? Ça s'est mal passé ?*

Moi - *Non... Pas l'énorme coup de cœur, mais ça peut le faire... Sauf que... Il a voulu qu'on rentre chez lui...*

Vanessa - *Le dalleeeeux !*

Moi - *Ouais, je sais, mais bon... Je me sens quand même un peu insultée qu'il ne me relance pas. Pourtant, je crois pas avoir fait de faux pas, hier.*

Vanessa - *S'il t'a kiffée, il t'écrira, t'inquiète pas. Sinon, c'est juste qu'il s'en tape.*

Moi - *Super rassurant...*

Vanessa - *Prends ton mal en patience et intéresse-toi à d'autres mecs en attendant !*

Moi - *Y'avait déjà pas grand monde...*

Vanessa - *Sors un peu !*

Moi - *Bah viens, on bouge ce soir.*

Vanessa - *Impossible, on se fait une soirée en amoureux avec Mickaël.*

Ah bah oui... Suis-je bête ! Vanessa, c'est typiquement la nana qui m'a laissée tomber dès qu'elle s'est trouvé un mec. Maintenant, ils vivent en autarcie et, à part si JE prends des nouvelles, je n'existe plus.

Chères filles en couple
qui laissent tomber leurs copines,

C'est toujours pareil : Vous rencontrez un mec. Vous avez eu la dalle pendant des mois, donc vous êtes à fond. Tellement, que vous ne vivez plus que pour lui, c'est votre Dieu (seulement à tes yeux, chérie). Vous ne faites plus rien sans lui : vos anciennes soirées McDo-boîte-entre-copines deviennent des soirées resto-ciné-avec-votre mec. Vous vous rendez compte que vous êtes de moins en moins entourée... Mais vous vous en foutez ! Vous avez votre mec, c'est tout ce qui compte. Vos copines seront toujours là, c'est pas bien grave ! Alors que votre mec, c'est maintenant ou jamais, alors il faut tout lui donner ! Même si, pendant ce temps, lui continue de voir ses potes. D'ailleurs, ça vous rend dingue... Parce qu'il ne se gêne pas pour refuser votre soirée hebdomadaire plateau-chinois-The-Voice pour aller jouer à FIFA avec ses potes. Vous lui dites : « Mais chéri, t'as pas besoin d'eux, tu peux y jouer ici, non ? » et il répond : « J'ai passé toute la semaine avec toi, là j'ai envie de voir mes potes. » Vous vous sentez trahie parce que vous, vous avez sacrifié vos amis, et lui non. (Mais bonne nouvelle : au moins, vous avez choisi un mec intelligent !) Du coup, vous mangez votre bœuf au satay toute seule devant la télé en vous demandant s'il n'est pas en train de vous tromper, et vous passez le reste de la soirée à sonder frénétiquement les Facebook de ses potes à la recherche d'un indice prouvant qu'il est

bien avec eux. Votre téléphone ne sonnera pas une seule fois pour qu'une copine vous propose d'aller boire un verre. Pourquoi ? Parce que vos copines, elles continuent leur vie, qu'elles soient ou non célibataires. Elles ont compris que tout ne se limitait pas à leur mec, que leur vie sociale, leurs sorties, leurs amis étaient nécessaires. Mais vous vous en foutez, parce qu'après avoir attendu sagement que monsieur rentre au bercail… Le voilà ! Votre monde continue donc de tourner autour de lui, telle une mouche autour d'une crotte (j'ai pas trouvé meilleure métaphore)…
… Jusqu'à ce que votre histoire prenne fin.
Bah oui, je veux pas être défaitiste, mais y'a de très grandes chances pour que ça se termine un jour. Et là vous vous retrouvez seule, sans copines pour vous remonter le moral ou vous aider à passer à autre chose. Normal, vous les avez laissées tomber dès la minute où votre mec est entré dans votre vie. C'est comme si vous leur aviez dit : « Allez ciao, les bouche-trous, j'ai enfin trouvé un sens à ma vie. Maintenant, dégagez ! »
Ouais ouais, venez pas me dire que j'exagère : c'est exactement ce qu'elles ont ressenti quand vous les avez « larguées » pour votre gars (qui n'en valait même pas la peine puisque OH ! QUELLE SURPRISE, IL N'EST PLUS À VOS CÔTÉS !). Vous tentez de vous rapprocher de vos anciennes amies, mais pendant que vous filiez le parfait amour (soi-disant), elles ont vécu d'autres choses, rencontré d'autres potes, et quelque chose s'est cassé entre vous. Mais bon… Rien de bien grave puisque bientôt, vous retrouverez un nouveau mec, pas vrai ? ;)

Sérieusement, à toutes ces filles, un conseil d'amie : ne lâchez pas vos potes pour votre copain ! Les mecs sont éphémères, vos amis seront toujours là !

Bref, j'applique le conseil de Vanessa.
Et je ne fais… rien.
À croire que c'est ça, la recette pour attirer un mec ! Ne RIEN faire.

Tu veux savoir s'il t'a repérée ?
NE FAIS RIEN. S'il te kiffe, il viendra.

Tu veux savoir s'il est intéressé ?
NE FAIS RIEN. S'il te kiffe, il le montrera.

Tu te demandes s'il veut te revoir ?
NE FAIS RIEN. S'il te kiffe, il rappellera.

Tu te demandes s'il te trompe ? **NE FAIS RIEN.** Vous vivrez heureux et aurez beaucoup d'enfants ;)

Enfin… ça coûte rien d'essayer. De toute façon, une Princesse ne court pas après un mec. Pas même après un Prince. C'est bien ce qui la différencie des autres, non ?
Mais au fait… C'est quoi, un Prince ? Parce que je vous saoule avec mes histoires, mais le vrai Prince, c'est quoi ses spécificités – à part la couronne et le cheval, je veux dire ?
Bien sûr que le cheval, c'est hyper stylé, mais bon… pas autant qu'une Licorne !
On attend quoi de lui au juste (le Prince, pas le cheval) ?

Pour le savoir, un test très simple :

COMMENT RÉAGIRAIT ~~RYAN GOSLING~~ LE PRINCE CHARMANT DANS LES SITUATIONS SUIVANTES ?

★ Tu lui demandes s'il trouve que tu as grossi…

• Il répond OUI : BIIIIP ! Mauvaise réponse ! Va te cacher, mec, t'as pas envie de savoir ce qui va t'arriver !!
• Il répond NON : BIIIIP ! Mauvaise réponse, tu sais qu'il MEEEEENT juste pour que tu lui foutes la paix !

La bonne réponse : « Non je ne trouve pas, mais même si tu prenais dix kilos, je t'aimerais toujours autant. »
(Même s'il ne le pense pas, on s'en fout… Car, soyons honnêtes : à cette question, aucune réponse sincère ne conviendra !)
Et voilà, DING DING DING !

+2 points PRINCE CHARMANT

★ Tu prends rendez-vous avec lui…

• Il répond « Tu veux faire quoi ? » : BIIIIP ! Mauvaise réponse ! Elle n'est valable que si nous répondons « non » à la question suivante ;)

• Il propose « Rendez-vous à tel endroit, à telle heure, tu veux que je passe te chercher ? » : AHHH ENFIN un mec qui sait prendre des décisions ! Ça court pas les rues, alors ça fait plaisir !

+1 point PRINCE CHARMANT

Quand ton mec te dit ce qu'il a prévu plutôt que de te demander ce que tu veux faire

★ Tu proposes : « On va dîner chez mes parents ? »

• Il répond « Franchement j'ai plutôt envie d'un McDo, là » : BIIIIP ! Mauvaise réponse ! La famille, c'est sacré. Ta mère, c'est toi plus tard, donc s'il ne veut pas la voir, c'est sûr et certain : il ne te supportera pas plus de six mois. (Oui, parce que tu seras déjà vieille dans six mois.)
• Il répond « Cool, j'adore ta mère » : même si c'est faux, tu valides l'effort ! Et tu sais que le jour où elle sera en galère, vous vous ferez un plaisir de l'accueillir pendant huit mois à la maison :)

+1 point PRINCE CHARMANT

★ Tu lui demandes : « Tu trouves pas qu'elle est jolie, cette fille ? »

• Il répond « J'avoue, elle est pas mal » : change de nom et d'adresse, parce que je te traquerai jusqu'à ce que tu retires ces paroles !
• Il répond « Elle pourrait l'être, mais moi c'est pas mon style, trop vulgaire » : ça a beau être un mensonge (probable), ça fait du bien à l'intérieur (parce qu'à l'évidence, elle est bien plus jolie que toi). « Elle, vulgaire ? Ça voudrait donc dire que moi, je suis une fille classe ? » (Là, tu fais l'impasse sur tes Ugg, tes cheveux sales et ton bas de pyj que tu portes depuis une semaine… Et tu te vois comme Beyoncé… Ou une Princesse, c'est pareil.)

+2 points PRINCE CHARMANT

Tu lui racontes ta vie et te retrouves à dire : « Eh, tu m'écoutes quand je te parle ? »

• Il répond : « Hein ? T'as dit quoi ? »
Ta réaction : « OK, je vois. Eh bien je n'écouterai pas non plus quand tu me diras que t'as envie de sexe. »
Eeeeeeh ouais. Donnant-Donnant.
• Il répond : « Oui, tu parles de la connasse au trench beige que t'as croisée vers les Halles hier soir et qui a marché sur tes nouvelles Marc Jacobs que t'as eues soldées ! T'as trop raison, chérie ! » En plus d'écouter ce que tu dis, il est d'accord avec toi ? VOILÀÀÀÀ ce qu'on veut ! Quelqu'un qui nous écoute et qui nous soutient ! (Je sais, c'est censé être la base dans une relation, mais peu d'hommes y accordent de l'importance.)

+2 points PRINCE CHARMANT

Tu as cuisiné pour le dîner et tu demandes : « C'est bon, chéri ? »

• Il répond : « Ça passe. » Il n'aura dorénavant plus droit qu'à des surgelés (qui seront, malgré tout, meilleurs que ce repas que tu as préparé…).
• Il répond : « Tant que c'est préparé avec amour… » Tu le sais : ça veut dire que c'est dégueu (faut dire que t'as goûté dans la cuisine, et t'as failli tout vomir sur la table). MAIS ! ça fait plaisir. Tu prépareras donc tous les prochains plats avec amour… jusqu'à ce que ça te saoule et que tu repasses en mode livraison.

+1 point PRINCE CHARMANT

★ Tu demandes : « Tu te rappelles la paire de chaussures que j'ai vue hier ? »

• Il répond « Celles qui coûtent dix fois le prix de nos courses ? Moche. » : il vient d'insulter tes goûts et ça… Ça mérite AU MOINS la mort.

• Il répond « Celles que je vais t'offrir pour ton anniversaire ? Bien sûr ! » : BONNE RÉPONSE !!! Non, pas de point **PRINCE CHARMANT** parce que vraiment, là, c'est un caprice ;)

Conclusion : je ne fais rien, comme conseillé par Vanessa, et je continue d'attendre…

- Jour 15 -

Quelques jours d'attente sans aucune nouvelle, et voilà que je me réveille au son du texto que j'attendais le moins au monde.
Tu te rappelles, ce que je disais sur **JULIEN, MON EX ?** Sur la façon dont il m'a larguée probablement pour une autre (en fait, j'en suis sûre) ? Sinon, retourne à la première page pour te rafraîchir la mémoire.
Ça y est ?

Eh bien, on dirait que la roue tourne.
Karma is a **BITCH** et c'est bien pour ça que je l'adore ;)

Quand même, il manque pas de culot, celui-là : me larguer pour une raison bidon (et encore, j'ai échappé au classique et désespérant : « il vaut mieux qu'on fasse une pause »), histoire d'aller voir ailleurs tranquillou… Et revenir ensuite comme si de rien n'était !

Quoi qu'il en soit, j'en déduis que ça n'a pas fonctionné avec la nana qu'il avait en vue et qu'il s'est rendu compte que j'étais pas si mal que ça.

APRÈS UNE RUPTURE...

LA PREMIÈRE SEMAINE

6 MOIS APRÈS

Sauf que le problème demeure : il a quand même PENSÉ qu'il serait mieux sans moi… Et ça, mon gars, c'était une erreur monumentale.

Parce que je fais partie des filles qui jamais, je dis bien JAMAIIIIIIIIIIIIIIIIS ne retoucheront à un ex.

J.A.M.A.I.S.

T'AS COMPRIS ?

JAMAIS !

Pourquoi ?

PASSONS D'ABORD EN REVUE LES DIFFÉRENTS TYPES D'EX :

LE YO-YO :

Modèle le plus courant. Il sort de ta vie pour y revenir plus tard, puis repartir, puis revenir jusqu'à te rendre com-plè-te-ment dingue (comme si ton level de débilitude n'était pas assez élevé… #LesVraisSavent) !
Son come-back, il peut même le faire sous la couverture (oh oooh ! jeu de mots !) du bon pote qui veut juste « parler » et « être amis ». Ou genre à Noël / au Nouvel An / à ton anniversaire avec un texto, l'air de rien… Sauf qu'il y a toujours une arrière-pensée, et BAM ! Avant que tu aies eu le temps de capter, te revoilà les menottes aux poignets. Et dire que tu avais juré et re-juré que tu ne retournerais jamais avec « ce gros bâtard » qui t'avait « trop fait souffrir » (mais bon, même toi, tu n'y croyais pas…).
Quand tu entends dire que les filles sont « compliquées », tu sors immédiatement l'exemple de cet ex pour montrer qu'il y a aussi de sacrés malades mentaux chez les mecs.
Le pire ? C'est qu'il ne supporte pas de te voir avec un autre, il reviendra donc À CHAQUE FOIS que tu auras un nouveau mec. (Bah oui, tant qu'à être heureuse, autant être… malheureuse avec lui, pas vrai ?)
Une relation avec cet ex-là sera forcément toxique et ne mènera à rien, sinon à mesurer ton taux de masochisme. Le plus vite tu te sors de ses griffes, le mieux c'est ! C'est un cas désespéré, et rien ne le changera. Parole de scout.

LE JE-M'EN-FOUTISTE :

Lui, t'as du mal à l'avouer, mais à la base, il n'en avait strictement rien à foutre de ta gueule.
Il ne t'a jamais dit ce qu'il cherchait vraiment, ne t'a présentée à personne et n'a fait aucun projet avec toi. Tu t'apparentais à un fantôme dans sa vie et pourtant, tu en étais cooooomplètement folle. (Pourquoi faire simple quand on peut faire compliqué ?)
Tant qu'à faire dans le masochisme, autant y aller à fond ;)
Il ne t'aimait pas, s'en tapait peut-être même d'autres quand t'avais le dos tourné, mais tu l'aimais quand même et espérais qu'un jour, il change.
Sauf qu'il n'a jamais changé et qu'il ne changera JAMAIS.
Bah oui, c'est dur à entendre mais c'est comme ça. Je suis ici pour dire des vérités ou pour manger des chips ?

LE RIVAL :

Lui, tu n'as qu'un objectif : lui foutre la rage (et ça se comprend).
Du coup, tu t'arranges pour qu'il sache PAR TOUS LES MOYENS que ta vie est mille fois plus cool depuis que vous n'êtes plus ensemble.
Le hic, c'est qu'il fait pareil.
Il s'affiche avec d'autres filles et en fait des tonnes pour montrer que tout se passe TELLEMENT MIEUX avec elles (c'est pas forcément le cas, hein ! mais tout est dans l'apparence…).
Ce n'est peut-être pas intentionnel, mais tu le prends

quand même comme un « je peux avoir beaucoup mieux que toi, tu vois ».
Du coup, tu contre-attaques, et tu t'affiches avec des mecs plus beaux, plus drôles, plus charismatiques que lui, et tu étaaaaaales votre amour partout. Surtout : tu le cries à tous tes potes en espérant que ça atteindra ses oreilles.
En résumé : tu saoules le monde entier juste pour faire rager un ex qui n'en vaut pas la peine.
La bonne nouvelle, c'est qu'à force de chercher mieux que lui, tu finiras par trouver ! La voilà, ta revanche :)
(Je vois bien que tu doutes, mais je te l'ai déjà dit : la roue tourne, promis. PATIENCE !!)

LE STALKER :

Bon, lui... Tu comprends toujours pas COMMENT tu as pu t'accoupler avec. Rien qu'en repensant à vos moments à deux, t'as envie de vomir.
Ce mec était clairement UNE ERREUR.
Mais no soucy, ça arrive même aux meilleures. (Et oui, OUIIII, nous sommes les meilleures !)
En fait, il était juste là au bon moment et tu as craqué. Sauf que depuis, tu regrettes amèrement car il ne te lâche plus.
Il suit tout ce que tu fais (alors que tu ne l'as même plus en ami sur Facebook), il trouve toujours moyen de te croiser (tu ne lui as pourtant jamais donné ta vraie adresse), tes amis essaient régulièrement de te passer des messages de sa part (alors que t'as même pas d'amis)...

En gros, il ne VEUT PAS passer à autre chose.
Pour lui, votre relation a été unique, passionnelle, et il veut absolument te rappeler vos meilleurs souvenirs, à base de « tu te rappelles, quand on sortait ensemble… »
Vomi dans la bouche
Bref… Au moins celui-là, tu sais que tu ne seras jamais tentée de retourner avec… Et c'est tant mieux !

LE BON MEC :

Attention, instant tristesse…
Celui-là, tu t'en mords les doigts. Il avait tout pour lui mais, va savoir pourquoi, tu l'as largué. Le contexte : tu pensais encore à un ex (honte à toi), tu n'étais pas dans le bon état d'esprit, et tu as préféré « en rester là »… Ou il est parti car tu n'arrivais pas à te décider.
Depuis, il a trouvé une autre chérie, ils ont l'air parfaitement heureux et, souvent, tu penses que cette fille, ça aurait pu être toi. Ou comment un mauvais timing t'a fait passer à côté d'une belle histoire…
(Sortez les mouchoirs !)
Tu aurais pu avoir un éclair de lucidité, te rendre compte de ta chance quand il était encore temps… Mais non. N'empêche. Tu le respectes, ce mec. Tu sais que c'est quelqu'un de bien, alors, malgré tout, tu te réjouis qu'il soit heureux avec sa nouvelle nana. D'ailleurs, tu lui as fait beaucoup de mal quand tu l'as largué, alors maintenant, tu le laisses tranquille (ça y est, je pleure). Contrairement aux autres, si un jour il est de nouveau célibataire et veut revenir, tu l'accueilleras les bras ouverts… Mais

enfin, tu ne te leurres pas : il ne reste jamais seul bien longtemps… Faut saisir l'opportunité au vol, c'est comme une vente privée en fait, TMTC.

LE FANTÔME :

Lui, tu n'y penses jamais. Tu oublies même régulièrement que vous êtes sortis ensemble… jusqu'à ce que quelqu'un t'en reparle, ce qui finit toujours par arriver !
Tu n'as rien contre lui ; ce que tu ressens, c'est plutôt de l'indifférence. Votre relation a peut-être été trop courte, ou s'est passée il y a trop longtemps ? C'est presque un cas d'école pour expliquer à quel point on peut être À FOND dans une relation, et au final s'apercevoir qu'elle n'était pas si importante que ça.
Suffit de se laisser un peu de temps pour revenir à la raison ;)

LE BEST FRIEND :

Ta plus belle rencontre. Vous vous êtes tellement bien entendus qu'après la rupture, vous êtes restés bêtes de potes. Entre vous, il n'y a plus aucun tabou. Tu lui parles de tes histoires et lui aussi. Tout le monde vous croit toujours amoureux, mais en vrai, vous êtes comme frère et sœur (rien que de penser que vous avez pu coucher ensemble, vous avez l'impression d'avoir commis l'inceste). La preuve éclatante qu'on peut rester ami avec un ex. Mêmes délires, même cercle d'amis, c'est juste parfait. En résumé : vous vous entendez mieux en tant que potes qu'en tant que couple ! Et c'est top !

Voyons maintenant **POURQUOI** retourner avec un ex est une mauvaise idée :

Parce que, je ne le dirai jamais assez : ressortir avec son ex, c'est comme ravaler son vomi ; c'est comme regarder Titanic une deuxième fois et espérer que le bateau ne coulera pas (**SPOILER ALERT !!** Il coule quand même) ; c'est comme manger un truc périmé juste parce qu'il n'y a rien d'autre dans le frigo ; c'est comme prendre une douche et remettre sa culotte sale après…

RESSORTIR AVEC SON EX
C'EST COMME
RAVALER SON VOMI

Découpe cette image
et colle-la sur le miroir de ta salle de bains
au cas où ça te sortirait de la tête !

Car oui, soyons clairs : à partir du moment où l'un des deux a estimé qu'il / elle était mieux sans l'autre, votre histoire ne peut plus fonctionner. À part de très rares cas où les raisons de la rupture sont extérieures (déménagement à l'étranger pour l'un, mauvais timing genre dépression pour l'autre, etc.), on se fait larguer, en général :
1) pour un(e) autre,
2) parce que l'autre a son ex dans la tête,
3) parce que l'autre pense qu'on n'est pas à sa hauteur.
Et retourner avec un ex, c'est lui donner l'occasion de nous décevoir encore, de nous briser le cœur une deuxième fois. Et bordel, on a beau être masochiste, faut pas pousser mémé non plus !

Voici l'attitude à adopter selon les cas de figure :

1. IL T'A LARGUÉE POUR UNE AUTRE :

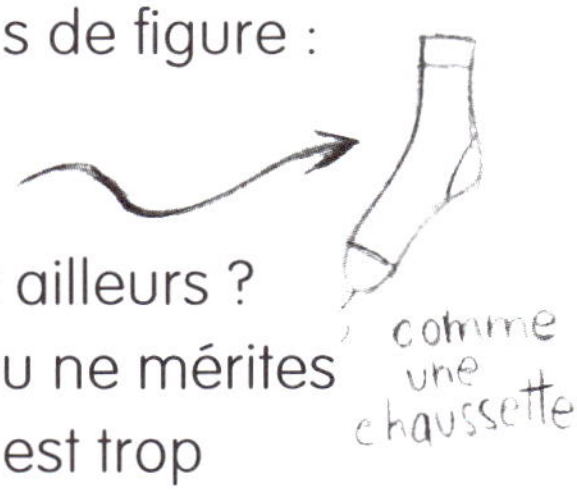

« T'as pensé que tu trouverais mieux ailleurs ? Trace ta route, tu as fait ton choix et tu ne mérites même pas une deuxième chance. Il est trop tard pour te rendre compte de ton erreur ! »

2. IL T'A LARGUÉE POUR SON EX :

« Tu m'as prise pour un bouche-trou… Un moyen de penser à autre chose. Pourtant NON, je ne suis pas un pansement. Je ne veux pas de tes MST. Garde-les pour des nanas assez bêtes pour croire à tes remords quand tu reviendras. Et je te conseille de lire ce livre, car tu as l'air d'avoir une obsession pour tes ex. »

3. IL N'A PLUS DONNÉ DE NOUVELLES DU JOUR AU LENDEMAIN :

Il est allé voir ailleurs. Sûr. Voir point n° 1.

4. TU L'AS LARGUÉ :

C'est qu'il y avait une raison, non ?

Tu vois vraiment une Princesse (ou bien disons : Adriana Lima) se faire larguer, puis retourner avec son ex qui l'a jetée ? Mais bordel NONNNN !! Elle a pas que ça à faire, la nana ! C'est une **PUTAIN DE PRINCESSE !!** Le jour où son mec lui fait un sale coup, elle lui dit « Ok, no soucy » et elle tourne les talons ! Pour se jeter dans les bras d'un prince – bien plus beau, plus sympa et plus intelligent et qui fait BIEN RAGER monsieur l'ex ! Car OUI, y'a TOUJOURS mieux que ton EX ! Pas de temps à perdre avec ce crevard.

N'OUBLIE JAMAIS CECI : UN EX, C'EST UN EX POUR UNE BONNE RAISON.

Je réponds donc ceci à Julien :

En réalité, il attendra **POUR TOUJOURS.**

Non mais, faut arrêter de se foutre de ma gueule. On ne me jette pas pour revenir ensuite tranquillou quelques jours plus tard !

Bref, je peux rayer la règle n° 4 de ma liste de Princesse...

4. UNE PRINCESSE EST GENTILLE ET ALTRUISTE. POUR ÊTRE AUSSI BELLE À L'INTÉRIEUR QU'À L'EXTÉRIEUR...

Parce que princesse ne veut pas dire pigeonne ! À bon entendeur ;)

- Jour 16 -

Tu veux un scoop ?
Je n'ai toujours aucune nouvelle d'Anthony.

… Yep, ça mérite au moins 8 retweets : une exclue pareille, ça se partage !

Bref, à ce stade, je me sens comme un caca puant gisant au détour d'une impasse que personne n'emprunte.

Et qu'est-ce qu'on fait dans ces cas-là, les filles ? On se RASSEMBLE !! Et on va… ?

SE BOURRER LA GUEULE !!!!
(Sauf si tu as moins de seize ans, dans ce cas tu n'as rien lu.)

J'appelle donc **VANESSA** (qui décline pour rester regarder *L'amour est dans le pré* avec son mec), **ANAÏS** (toujours opé pour faire n'importe quoi), **NICO** mon friendzoné préféré (qui sera mon garde du corps si un plouc veut la jouer collé-serré avec mon derrière) et **GLADYS** (parce que quand j'ai bu, j'oublie à quel point elle peut être mauvaise… et qu'au besoin, je posterai des photos gênantes d'elle le lendemain sur Facebook).

Ce soir, j'ai envie de me sentir BELLE. Pas pour les autres ; vraiment pour moi. Ça nous arrive à toutes, ces moments où on veut se sentir bien et prendre soin de soi :)

Make-up au top, bouclettes dans les cheveux et petite robe mignonne-sexy-juste-ce-qu'il-faut !

Je prends quelques photos (bon ok, vingt-six), je choisis la plus réussie et la poste sur Instagram puis sur Facebook. (« Coucou Anthony ! T'as vu ? Je m'en fous de ne pas avoir de tes nouvelles, je kiffe ma vie !! »…)

En tout cas, je remarque que j'ai un vrai compte Instagram de pro, maintenant ! **7 500 ABONNÉS** en deux semaines !… Dont seulement 25 que je connais en vrai. Bref, 62 photos de moi, de mon sac, de mes tenues, de moi à la piscine, moi avec mes copines, moi faisant semblant de faire du sport, moi, **moi** et **re-moi**.

Toujours plus. Plus j'ai de likes, plus j'ai l'impression que les gens s'intéressent à moi. Ce qui n'est

pas négligeable quand, dans la vraie vie, j'attends toujours de me faire ENFIN remarquer par le mec que je kiffe. On compense comme on peut... Oui, oui, appelez-moi « superficielle », je m'en fiche, ça rime avec mon prénom.
Si si.

Tout le groupe se rejoint devant la boîte à une heure du matin. Gladys arrive avec une pote que je ne connais pas, pas spécialement canon mais qui a vraiment un truc. C'en est même hyper dérangeant. Dans la file d'attente du vestiaire, on fait un peu connaissance. Elle s'appelle **LAURÈNE**, elle a vingt-trois ans et vient de commencer sa formation dans un salon de tatouage. Va savoir pourquoi, je trouve ça hyper sexy.
Alors là, je me dis : « Eh merde. Ça recommence... »

Ça vous arrive, parfois (je parle pour les filles hétéros), d'être attirée par une autre nana sans raison apparente ?

Chez moi, ça donne ceci :

TA POTE POUR QUI TU AS UNE ATTIRANCE CHELOU :

TU COMPRENDS PAS... Elle n'a rien de spécial, elle n'est pas magnifique, pas extrêmement drôle ni spécialement intelligente, mais elle a « un truc ».

DE TOUTE FAÇON, IL PARAÎT QUE 60 % DES FEMMES SONT ATTIRÉES PAR D'AUTRES FEMMES, donc limite, on s'en tape, c'est normal. (Eeeeh wéééé, j'ai trouvé cette étude sur Internet. Ça doit sûrement dépendre de plein de facteurs différents selon les cas, mais on s'en fout : c'est juste pour expliquer que c'est COMMUN et que pour une fois, je ne suis pas SI anormale !)

ET PUIS LES FEMMES SONT BELLES ! Si si si, toi, là, qui me lis, TU ES BELLE. Pas étonnant que tu attires d'autres nanas. Et honnêtement, plaire à une meuf, je trouve ça encore plus flatteur que plaire à un mec. Aucun doute.

LA TECHNIQUE : tu fais bien comprendre à la nana en question que tu es 100 % hétéro pour ne pas éveiller ses soupçons (enfin, à la réflexion, 90 % paraît plus crédible), comme ça, tu peux continuer de la stalker en toute tranquillité. Yeah baby.

C'EST LA PREMIÈRE PERSONNE SUR QUI TU SAUTES EN SOIRÉE. « Quand t'es grave bourrée » bien sûr, n'oublions pas de le préciser ! Bah quoi ? C'est une bonne excuse, non ?
« Ah bon ??!! On s'est embrassées hier ? Désolée, j'étais TROP raide, ahahah ! »
Mouais… Âh. Âh. Âh.

DÈS QUE TU VOIS UNE AUTRE FILLE S'APPROCHER D'ELLE, ta seule pensée c'est : « Touche pas à MA meuf ! » … Là, quand même, tu te dis que tu es complètement lesbienne… Puis tu vois Ryan Gosling, et tu te rends compte que non, pas de doute, t'es bel et bien hétéro !

TU ADORES ORANGE IS THE NEW BLACK… et la présence de Ruby Rose dans cette série y est pour beaucoup ;)

CETTE NANA POUR QUI TU AS CETTE ATTIRANCE, tu as envie de devenir sa meilleure amie au monde, de tout partager avec elle et que personne ne te la prenne.
… Un peu comme dans un couple.
… Oh, wait.

MAIS À PART TOUT ÇA, TU ES QUAND MÊME BIEN PERSUADÉE D'ÊTRE HÉTÉRO.

Bref, on dépose nos affaires aux vestiaires. Gladys lance un tonitruant : « On va mettre le feuuuuuu ! », et on débarque sur la piste !

Sailor Moon par Junichi Satô, Toei Animation, 1992

QUAND LES FILLES ARRIVENT EN BOÎTE.

LES DIFFÉRENTS TYPES DE PERSONNES QUE JE VAIS CROISER CE SOIR EN BOÎTE :

LE MEC QUI VEUT RAMENER UNE MEUF CHEZ LUI À TOUT PRIX :

Son but dans la soirée, c'est de pécho. Il n'a aucune retenue et n'a pas peur de se faire remballer salement. Il commence par les jolies filles puis, au fur et à mesure des râteaux, baisse le niveau jusqu'à finir par payer un verre au sosie de Smeagol. Pas grave car voici sa devise : « Un trou est un trou. » Sympa…

LE COUPLE QUI A BESOIN D'UNE CHAMBRE D'HÔTEL

Ils tapent sur les nerfs de tout le monde. Au début, ils dansent ensemble, ok, tout va bien. Ils s'embrassent, ça va toujours. Ils s'embrassent avec une telle fougue sur la banquette qu'ils bousculent leurs voisins et voilà que trois verres de whisky Coca se déversent sur ta robe beige. Là, ça commence à saouler, franchement. Ils se lèvent et exécutent un coupé-décalé tellement chaud que t'as l'impression d'assister à un documentaire sur la reproduction des rhinocéros – et très clairement, t'es pas venue ici pour mater la télé !
Précision : dans 95 % des cas, ces deux-là ne se connaissent que depuis cinq minutes.

LE BONUS UN PEU DÉGUEU : quand ce couple a la cinquantaine passée.

LE COUPLE EN PLEINE CRISE :

Tu sais pas s'ils sont venus pour passer du bon temps ensemble ou pour étaler au grand jour leurs prises de tête d'hystériques.

- *Tu matais le cul de cette meuf ??!!*
- *Bien sûr que non !*
- *Tu sais quoi ? On n'est vraiment pas faits pour être ensemble !*

Toi, qui assistes à la scène, tu leur jetterais presque une pièce pour ce moment divertissant qu'ils te font passer.

LE CERCLE DE FILLES

Avoue-le, tu en fais partie – on en fait toutes partie !
On va l'appeler le **CLUB DU CERCLE**.
Le but ? Danser en cercle (assez serré pour que personne d'autre ne puisse entrer) en criant :

- *Wooooo, c'est ma chanson !!!!!*
- *Aaaaaah ! je l'adoooooore celle-là !!*
- *All the single ladies !! All the single ladies !!*

Quand tu es à une soirée remplie d'inconnus, et que tu restes scotché à tes amis.

Amis à testicules, un conseil : si vous envisagez de vous approcher ne serait-ce que d'une seule de ces filles, attendez-vous à recevoir des regards tueurs de tout le cercle et des « Elle est pas intéressée, dégaaaage !!! » Parce que c'est ça, le soutien entre nénettes.

LA CONNE QUI BOUSCULE TOUT LE MONDE

Tu danses gentiment avec ton Club du Cercle, et cette meuf n'arrête pas de te donner des coups de cul. Tellement que tu finis par te demander si c'est pas une technique pour te pécho. Tu te retournes plusieurs fois

mais elle est tellement à fond dans sa danse qu'elle ne te remarque pas (dans sa tête, elle est **BEYONCÉ** ; en vrai, on dirait une brebis en pleine crise d'épilepsie).
Tu lui donnes des petits coups de coude pour qu'elle comprenne qu'elle te fait bien chier. Bien sûr, elle n'y fait pas attention, alors tu lui décoches un uppercut en mode « fatality » qui, soit la fait dégager, soit entraîne une riposte sous forme de claque.

LE RAGEUX

Lui, on dirait qu'il s'est chauffé toute la soirée pour trouver quelqu'un à défoncer. Il est saoul, il gueule partout et si tu as le malheur de passer à côté de lui, il énumérera tous tes attributs physiques qu'il aimerait lécher / toucher / découper juste pour faire chier ton copain… qui est sa vraie victime. Commence alors une bagarre de coqs pour tes beaux yeux… mais franchement, on a vu plus glamour. Ce mec, c'est l'équivalent humain d'un chihuahua : il gueule beaucoup mais une beigne et il pleure comme un gamin.

LA CHATTE EN COLÈRE

La version « fille » du mec au-dessus. Elle cherche à t'agresser juste pour pouvoir déverser sa frustration en te giflant.
Top 3 de ses fausses excuses :
1/ Tu aurais renversé un peu de ton verre sur elle.
2/ Tu aurais « regardé » son mec. (Hein ?? L'autre mocheté qui a visiblement oublié de faire son coming out ?)

3/ Tu danserais trop près d'elle et tu l'empêcherais de faire sa choré qu'elle a passé trois semaines à perfectionner avec ses copines.

En général, elle finit par te tirer les cheveux et te mettre une gifle pas bien méchante. Mais elle détale si un pote à toi arrive en faisant la grosse voix genre : « C'est quoi son problème à cette jeune folle ? »

LE DANSEUR DE RIHANNA

Il est persuadé d'être LA star de la soirée. Il a pris quelques cours de danse et veut AB-SOOOO-LU-MEEEENT que tout le monde le sache. Ses potes commencent à le chauffer dès qu'ils entendent « son son ». Il fait un mouvement genre « dégagez la piste, bande de sous-fifres » et démarre sa choré qui, au passage, n'a franchement rien de ouf. Mais quand même, il a le sentiment d'être une star et ça, ça mérite que je parle de lui dans ce livre !
(La consécration, n'est-ce pas !)

LES ADOS (BIG UP À VOUS, JE SAIS QUE VOUS ME LISEZ !)

Mes-petites-chéries-que-j'aime-parce-que-je-suis-passée-par-là-moi-aussi-donc-je-compatis. Pour elles, c'est la grosse soirée ! Elles ont fait péter la tenue sexy de leur grande sœur (qui leur a certainement filé sa carte d'identité pour que le vigile les laisse entrer), elles se sont bourré la gueule dans la voiture pour ne pas avoir à payer les consos, elles ont chopé la crève en venant le cul

à l'air par – 10 °C pour ne pas payer le vestiaire, et elles ne danseront que quand le DJ se décidera à passer du Beyoncé ou du Justin Bieber !
Bien sûr, elles prennent la blinde de photos pour montrer que ELLES, contrairement aux « autres pisseuses », sortent en boîte et que LEUR vie est absolument géniale. Le lendemain, elles se rendront compte qu'elles se sont tapé la moitié de la boîte, et quatre ans plus tard, que vingt-huit shots de vodka ne leur font plus rien et que leur dernier rein est en train de lâcher.
Nan, je déconne.
Ou pas ;)

CELUI QUI A BUGGÉ

Personne ne sait ce qu'il fait là. À vue d'œil, il est en plein coma éthylique… mais debout. Il semble entendre la musique, mais ses mouvements sont approximatifs. Il a toujours son verre à la main bien qu'il soit vide depuis près de deux heures, et personne ne le calcule mais ça n'a pas l'air de le déranger, parce que dans sa tête, il passe la meilleure soirée de sa vie (si son cerveau est encore en vie).

CELUI QUI N'A PAS ASSUMÉ

Le même qu'au-dessus mais une heure plus tard et lamentablement étalé sur une banquette, parfois même par terre. Il a tellement bu qu'il répète en boucle : « J'ai envie de mourir ! » ou encore « Laissez-moi ici, je dors sur la banquette… Venez me chercher demain… »

LE PHOTOBOMBER

Le mec que tu n'as pas remarqué de la soirée… jusqu'au lendemain, quand tu regardes tes photos et que tu vois sa vieille tête partout ! En plus, il a l'air ravi de sa blague…

CELLE QUI EST ARRIVÉE TROP TÔT

Arrivée à 21 h 30 quand il n'y avait encore personne, elle s'est envoyé quatre vodkas-Red Bull pour tuer le temps. Deux heures plus tard, elle vomissait ses tripes dans les toilettes alors que les autres clients commençaient seulement à arriver.

CELLE QUI A TOUT DONNÉ CÔTÉ LOOK

Cette soirée, c'est la soirée de sa vie. Elle a sorti la totale : la petite robe sexy, les Louboutin de 12 cm (et toi, tu saiiiiis qu'elle morfle dedans… mais elle ne laisse rien paraître. Il faut être stoïque pour être sexy !) ; niveau maquillage aussi elle a tout donné, un peu trop même, mais c'est pas grave, dans le noir on voit rien. Elle est persuadée d'être LA bombe de la boîte. Son objectif : danser dans le Club du Cercle et rejeter tous les mecs qui l'approchent. « Parce que moi, j'suis une PRINCESSE, mec, une **PRIN-CESSE !** »

(Pas tout à fait la Princesse telle que je l'imagine moi, mais c'est pas grave.)

LA COPINE EN COLÈRE

Elle a trop bu, donc pendant sa pause clope au fumoir, elle raconte à ses copines tout ce qu'elle a sur le cœur : « Pourquoi t'as invité Hélène alors que je l'aime pas ? Pour me faire chier, c'est ça ? » ; « Je sais que tu parles dans mon dos Hélène !! C'est quoi ton problème ? Tu veux te battre, hein ? » ; « Hélène, il faut que je te dise : je me suis tapé ton mec… Mais c'est TA faute, Hélène… »
Ce moment est accompagné de larmes, de mascara qui coule et d'un coup de fil à « Môman…-tout-va-mal-dans-ma-viiiiie » en rentrant à la maison.

LA MEUF TROP BOURRÉE

Ses amies ont eu assez pitié d'elle pour l'accompagner aux toilettes, lui tenir les cheveux pendant qu'elle vomissait et lui donner un verre d'eau (mais quand même poster la photo sur Facebook).
Mais pas assez pitié pour la ramener chez elle.

CELUI QUI VEUT MONTRER QU'IL A DE LA THUNE

Lui, il s'en fout du son et de s'amuser, ce qu'il veut c'est montrer qu'il a de l'argent, de l'alcool sur sa table et plein de meufs sexy autour de lui.
À la fin de la soirée, il a claqué sa paye et sait qu'il mangera des nouilles instantanées pendant les vingt-huit jours suivants.

LA NANA QUI AURA L'AIR PARFAITE SUR FACEBOOK DEMAIN

Elle ne boit que de l'eau, voire un Coca dans ses plus grands moments de folie (elle a quand même frôlé la syncope quand le barman a annoncé qu'il ne sert pas de Coca Light). Tout ça pour paraître belle et fraîche sur les photos où elle sera taggée le lendemain ! (Contrairement à toi qui retireras frénétiquement les identifications…)

CELUI QUI POURRAIT ÊTRE TON PÈRE

Voire ton GRAND-père !! Ça ne l'empêche pas de se prendre pour un p'tit jeune de vingt-deux ans. D'ailleurs, tu le trouves plutôt marrant quand il danse… jusqu'au moment où il se rapproche dangereusement du derrière de ta copine en dansant la Macarena.

Quand je danse dans le noir...

Et que la lumière s'allume

Deux heures qu'on est arrivés et qu'on passe une soirée de dingue. Franchement, la boîte peut être le summum de la beaufitude, à partir du moment où on est entre potes, on s'en fiche et on passe une pure soirée. La preuve, c'est que j'ai même pas envie de boire, je tourne au Coca depuis mon arrivée ! Et là je me dis que la Cour Royale serait fière de sa Princesse ! Pas un dérapage et je garde ma fierté jusqu'au bout !

ENFIN !! JE PEUX COCHER UN « OUI » SUR MA LISTE DE PRINCESSE !

RÈGLE N° 2 : « UNE PRINCESSE DOIT TRAVAILLER SA POSTURE. SE TENIR DROITE ET AVOIR L'AIR FIER ! »

Je suis même plus que fière, mon commandant ! Droite sur mes talons de 12 cm, pas un escalier dévalé sur les fesses, pas une tache d'alcool sur ma robe… Je suis une pouliche qui déambule dans un poulailler telle Cindy Crawford sur un podium en 1993. (#MétaphoreDeDingue) !

Je me la pète donc (légitimement) jusqu'à ce qu'un mec vienne me parler à l'oreille – enfin plutôt me gueuler à l'oreille – en passant sa main dans mon dos. Déjà que j'aime pas les gens, mais quand en plus ils se permettent de te toucher alors qu'ils ont probablement oublié de se laver les mains après la case touche-quéquette aux w.-c., je te raconte pas. Résultat : je m'énerve.

Moi - *Laisse-moi tranquille !*

Inconnu - *Pourquoi ? C'est quoi ton nom ?*

Moi - *Arrête de me toucher et laisse-moi, je suis occupée !*

Inconnu - *J'ai envie de te connaître ! Tu t'appelles comment ?*

Moi - *Ça va t'avancer à quoi, de connaître mon nom ? Tout ce que tu veux, c'est tirer ton coup !*

Inconnu - *Et alors ? Il est où, le mal ?*

Moi - *Dégage !*

Nico a vu ce qui se passait et a décidé de mettre fin à cette petite altercation. **MER-CI !!!**
- Ah, c'est ta meuf ? s'étonne le relou. *Désolé, mec...*
Et il tourne les talons.

J'en reviens pas...
Depuis quand c'est normal de draguer / toucher / emmerder une fille qui « a l'air » seule mais, à partir du moment où elle est accompagnée, elle devient intouchable ? En gros, on respecte plus l'homme que la femme !
Ce petit con a réussi à me foutre la haine, mais Nico, en bon gentleman, fait tout pour que la soirée se termine quand même bien.

On se dirige vers la sortie puis Laurène vient me demander mon numéro « pour garder contact ».
- *Elle est lesbienne ?* je demande discrètement à Gladys.
- *Pas du tout, elle a un mec !*
Toute ambiguïté écartée, je note à mon tour son numéro, puis les filles s'en vont dans un taxi et me laissent avec Nico. Je lui dis :

Moi - *Je vais retirer du cash, tu me trouves un taxi en attendant, s'il te plaît ?*

Nico - *Tout de suite, Princesse.*

Mmmh j'aime bien ce petit nom :) Et tout friendzoné qu'il est, venant de lui, c'est très mignon...
Je vois sur mon portable qu'il y a une banque deux

rues plus loin. Je m'avance, pas très confiante vu qu'il est quand même quatre heures moins le quart et que je suis en robe courte et talons hauts… Arrivée au guichet, je rentre ma carte bleue et je retire trente euros. Au moment où les billets sortent, je sens une présence derrière moi. « Pourvu que ce soit juste un autre client… »

Je ne vais pas mentir : à une heure pareille, seule dans la rue, je suis juste flippée de tout ce qui bouge. C'est alors qu'une voix s'élève :
– Jolie robe.

Eh merde…

J'agrippe mes billets et les fourre dans mon sac aussi vite que je descends un pot de glace vanille/macadamia un soir de marathon Netflix.
À cet instant, je sais pas si :
1. Je vais me faire voler mon argent,
2. Je vais me faire agresser,
3. Je suis juste parano et il ne va rien se passer.

Le mec s'approche encore… Je sens son visage tout près du mien, ce qui ne m'aide pas à détendre mon string, m'voyez.

– Jolie robe et jolie fille... renchérit-il.

Je garde le silence et ferme mon sac.

– Bah alors ? On répond pas aux compliments ?

Eh merde… J'ai vraiment aucune envie de ce genre de délire… J'essaie de me glisser sur la droite pour l'éviter, tout en restant de dos.
… Sauf qu'il fait barrage de son bras. Mauvaise idée, sachant que je n'ai pas été aux toilettes de toute la soirée et que je suis, du coup, à deux doigts de me faire pipi dessus. Remarque, ça pourrait être une arme efficace… Mon arme ultime !
Je tente de m'esquiver par la gauche avec un « mpppmmmfff » d'exaspération. Je n'ai toujours pas vu son visage et n'en ai aucune envie. Mon seul objectif, pour l'instant, c'est de rejoindre Nico et de monter dans mon taxi. Et voilà que le mec me bloque le passage avec son autre bras. Je suis coincée. Alors, c'est plus fort que moi...

JE RAGEQUIT

Je lui donne un violent coup sur le biceps en hurlant :

« MAIS DÉGAGE, TOI !!!!!! »

S'il y a bien un truc qui me fout hors de moi, c'est les mecs qui te prennent pour leur propriété sous prétexte que tu es dehors.

Que les choses soient claires : tu ne fous PAS tes mains dégueulasses sur moi sans que je t'en aie donné l'autorisation. Je me moque ROYALEMENT que tu sois en chien, mal dans ta peau ou que tu aies besoin de compenser ton micro-pénis par des comportements de vieux macho… Tu me laisses tranquille !

Je m'élance. Mais j'ai à peine fait trois pas qu'il m'attrape le poignet et me tire violemment contre lui.

– Sale pute, va ! Tu vas voir !!

Je hurle.
(Je hurle littéralement hein, pas à la manière de Jeremstar, je CRIE !)
Que les habitants de la rue se réveillent, je m'en tape !
Je suis prête à tout pour faire fuir ce détraqué !

Alors j'y vais à fond :

- LÂCHE-MOI !!!! À L'AIDE !!

Et je tape de partout avec mes poings, avec mes genoux, en essayant d'atteindre sa paire de couilles inexistante. Je me prends aussi des coups au passage, mais je n'en démords pas ! Je crie de plus belle et je tape encore !

En vrai, j'hallucine complètement. Comment est-ce possible ?! C'est vraiment en train d'arriver ? Je me fais agresser là, en pleine rue, et personne ne vient ??!! Je suis entre deux états : l'énervement et la sidération. De justesse, je parviens enfin à lui cogner le visage alors qu'il essaie de me faire tomber. Toujours personne qui vient à ma rescousse... Alors que ça fait deux bonnes minutes que je hurle de toutes mes forces ! Il y a des silhouettes qui passent au loin mais personne ne réagit. J'ai envie de pleurer mais je retiens mes larmes... Je ne m'effondrerai pas devant cette pourriture.

- OH TU FOUS QUOI, LÀ ?!

Je reconnais cette voix ! C'est Nico, qui arrive en courant !

Le mec me lâche aussitôt et se barre direct dans l'autre sens, me laissant à genoux sur le trottoir. Nico essaie de le rattraper mais il a détalé trop vite.

- *Qu'est-ce qui s'est passé ?* me demande Nico, catastrophé.

Je ne lui réponds pas... Je suis tellement sous le choc que je ne peux pas prononcer un mot. Je ne pleure pas, je suis livide et sans expression, comme si j'étais ailleurs.

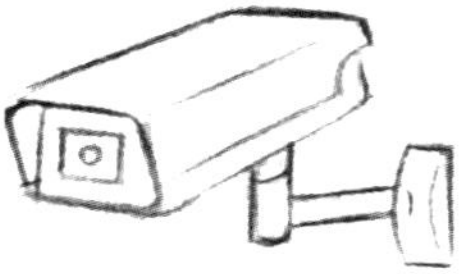

- *On va porter plainte !* me dit Nico.
Je réponds d'une voix machinale :
- *J'ai pas vu son visage...*
- *Pas grave ! Y'a des caméras de surveillance aux distributeurs automatiques. On pourra peut-être l'identifier. Viens !*

Je ne sais tellement pas quoi faire que je le suis, sans trop réfléchir. Tout ce que je veux, c'est m'éloigner et ne plus être seule.

On monte dans le taxi qui nous conduit au commissariat le plus proche.

Je ressors quelques heures plus tard, après avoir déposé plainte. Les policiers m'ont bien dit que sans description, il y avait peu d'espoir. Ils verront ce qu'ils peuvent faire.

SUPER. *(Spoiler alert : que dalle.)*

Nico hèle un nouveau taxi, bien décidé à me raccompagner jusque chez moi.
– *Hors de question que tu rentres seule.*

Sur le trajet, je repense à toutes ces fois où je me suis fait aborder dans la rue, mater, insulter. Je ne comprends même pas comment ça se passe, dans la tête de ces gars-là… ces ordures plutôt. Ils pensent vraiment que leur approche peut marcher ? À moins que leur but soit juste de faire chier les femmes dans la rue ? Pour qu'elles regrettent d'être des femmes ? Ils croient quand même pas qu'on va avoir honte ? On a de la chance, au contraire !!
Bon, pour les lecteurs qui seraient de cette espèce (on sait jamais… Coucou vous ! ça va ?), je vous propose un petit test :

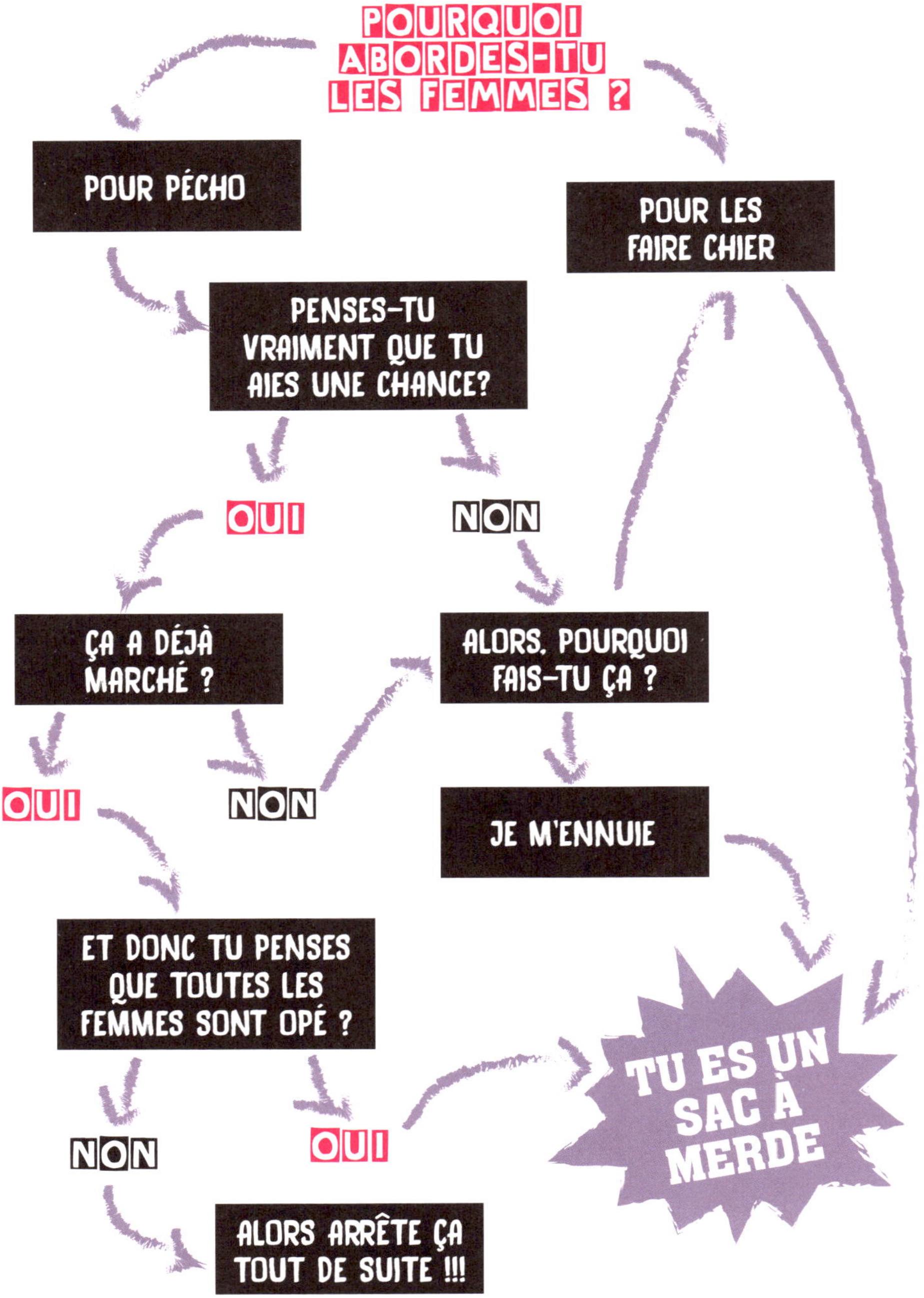
POURQUOI ABORDES-TU LES FEMMES ?
POUR PÉCHO
POUR LES FAIRE CHIER
PENSES-TU VRAIMENT QUE TU AIES UNE CHANCE?
OUI
NON
ÇA A DÉJÀ MARCHÉ ?
ALORS, POURQUOI FAIS-TU ÇA ?
OUI
NON
JE M'ENNUIE
ET DONC TU PENSES QUE TOUTES LES FEMMES SONT OPÉ ?
TU ES UN SAC À MERDE
NON
OUI
ALORS ARRÊTE ÇA TOUT DE SUITE !!!

Nous les filles, on finit malheureusement par avoir l'habitude de ces comportements. Se prendre des remarques, même en mode shlag, c'est notre quotidien… T'as beau sortir avec ton vieux pyjama / pas maquillée / visage couvert d'acné / cheveux gras de 12 jours, t'auras toujours un cassos pour te sortir : « Charmante, mademoiselle… Tu veux parler ? »

Vous trouvez ça normal ?

Bah non.
NON, ce n'est pas normal, et NON, ce n'est certainement pas flatteur !

Quelle fille s'est déjà dit ceci :

« J'ai vraiment envie de me taper ce mec qui m'a sifflée de sa voiture »

Aucune

Aucune

Pourquoi ? PEUT-ÊTRE parce que se sentir comme un bout de viande dans une fosse à chacals n'a FRANCHEMENT rien d'agréable ?!! C'est peut-être parce que JAMAIS on ne s'est dit qu'on allait faire notre vie avec un mec qui nous a maté le cul dans la rue puis sorti un « Eh, t'as un 06 ? Beau jean au passage, bien moulant, mhhh. »

LE PIRE, c'est quand je parle de ces trucs-là à mes potes mecs, qui n'ont aucune idée de ce qu'endurent les femmes au quotidien, ils minimisent : « Oooh ça va, c'est juste un compliment », « Ohhh ça va, il t'a pas violée », « Moi, j'aimerais bien qu'une fille me dise que je suis beau gosse dans la rue », « Bah quoi ? C'est vrai que t'es charmante, Lindsay. Tu préférerais qu'on te regarde pas ? » Attends, laisse-moi te répondre…

Oooh… Mon majeur te kiffe !

Décidément, mon voyage vers Princesse-Land est plus compliqué que prévu. La vraie vie est TEEEEEELLEMENT éloignée de celle des contes de fées…

… AU POINT QUE ÇA ME DONNE ENVIE DE CRIER :

« MERDE »

« FUCK »

« BANDE DE CONNARDS !!!! »

Voilà, ça fait du bien :)

Mais ça ajoute trois fails de plus
à ma liste de Princesse…

1. UNE PRINCESSE DOIT PARLER UN FRANÇAIS CORRECT.

6. UNE PRINCESSE A DE BONNES MANIÈRES.

7. UNE PRINCESSE DOIT ÊTRE POLIE, SURTOUT EN DEHORS DE SON CERCLE FAMILIAL.

En même temps, faut pas me prendre
pour une conne. Manque-moi de respect,
je te le rendrai puissance mille.
Tiens, on joue à un jeu ?

Compte le nombre de gros mots que contient ce livre. À mon avis, ça mérite presque un diagnostic du syndrome Gilles de la Tourette… Et tu sais quoi ? Je m'en fous ;)

Êtes-vous vulgaire ?

- ☐ OUI
- ☐ NON
- ☑ PUTE

Bon, revenons-en à nos détraqués du zizi qui pensent que toute fille qui se balade dans la rue rêve de faire l'amour avec un inconnu.

CES MECS-LÀ SE DIVISENT EN PLUSIEURS CATÉGORIES :

LE MATEUR :

Quand tu le croises, t'as beau le regarder droit dans les yeux pour le décourager de se faire un film porno dans sa tête avec toi en guest-star, il continue quand même à te mater de haut en bas. Le plus souvent, il ne s'arrête qu'au moment où il s'aperçoit que tu es en train de le prendre en photo.

LE FROTTEUR :

Lui, tu le croises dans les transports. Il se positionne contre ton derrière et se frotte tel un chien en rut. Oui, c'est pitoyable, mais monsieur prend ainsi son plaisir puisqu'il ne fait jamais l'amour, faute de partenaires consentantes.

Il ne s'arrête que lorsque tu te retournes (gênant pour toi certes, mais ça stoppe direct le collé-serré zizi-fesses) ou que tu lui attrapes le bras en demandant, d'une voix bien sonore : « Non mais qui se permet de me toucher le cul ? » (Rappelle-toi : il aime agir discrètement et s'exciter sur toi sans que personne s'en rende compte. Donc l'afficher le calmera un bon moment, ce **DÉGUEULASSE**.)

LE MEC ATTEINT (LUI AUSSI) DU SYNDROME DE GILLES DE LA TOURETTE :

Il essaie de te charmer et de t'atteindre au cœur à base de « charmante » et « Putain ! Comment t'es bonne ! » (pour les plus romantiques).

Tu ne cèdes pas à ses avances (comme c'est curieux !), alors il hurle sa déception à qui veut l'entendre : « Sale pute ! », « Gros boudin ! », « Ehhhh salope !! Eh !! EH OH !!! EH, SALOPE J'TE PARLE !! »

Tu viens sûrement de passer à côté de l'homme de ta vie, mais tel est ton choix.

LE SUIVEUR :

Pas emmerdant pour un sou… mis à part qu'il te suit. Oui, oui… Tel un psychopathe. Tu sors du supermarché avec douze rouleaux de PQ : il trouve ça sexy. Parce que c'est son but dans la vie, de te suivre. Il se dit que peut-être, sur un malentendu, tu l'inviteras chez toi pour essayer ton Moltonel triple épaisseur ?

LE MOUTON :

Alors lui, c'est le mec sans personnalité. La preuve, quand il est seul, personne ne le remarque : c'est l'Homme invisible. Mais dès qu'il est en bande, il se prend pour Tony Montana. C'est ce que j'appelle « l'effet mouton ». Il fait tout pour passer pour un boss auprès de ses potes en draguant / insultant / harcelant les filles qui passent (le but : montrer qu'il a plus de testostérone que les autres mâles de la meute). Y'a rien à faire pour l'aider, à part espérer qu'un jour, on lui transfuse assez de sang pour irriguer aussi son cerveau.

CELUI QUI CHERCHE VRAIMENT UNE COPINE :

Malheureusement pour lui, on le met dans le même sac que tous les autres. Parce que quand même : y a plein d'endroits BEAUCOUP plus appropriés que la rue pour rencontrer des filles. Quand on se déplace d'un point A à un point B, c'est pas pour le plaisir et pas non plus pour se faire accoster par des mecs quand bien même ils recherchent vraiment une nana. Y'a des applis pour ça, y'a les bars, les boîtes et les mariages… C'est pourtant simple ! Et pour couronner le tout, plus dalleux, y'a pas.

CELUI QUI A OUBLIÉ DE CHANGER SA COUCHE :

Il semble avoir oublié qu'il était vieux. Il s'imagine que tu kiffes les mecs qui ont quatre fois ton âge. C'est…

SO SEXY.

« Eh, petite… je suis tombé amou… Non, je suis tombé tout court ! En trébuchant !!!! Vous pouvez m'aider ? »

L'ALTRUISTE :

Il pense qu'il te fait une faveur en venant te parler.
En général, voilà comment ça se passe :

- *Eh salut, je te trouve très mignonne. Ça te dit qu'on parle un peu ?*
- *Non merci, je suis pressée.*
- *Allez, viens on va prendre un verre.*
- *Non merci !*
- *Eh, j'ai été sympa, là !*

Parce qu'en plus je devrais te remercier de ne pas m'avoir traitée de pute ? Alors allons-y, si ça te fait si plaisir, mec : « MERCI DE M'AVOIR TRAITÉE NORMALEMENT. Non, franchement, merci. Tu mérites une médaille et un cookie. »

L'EXHIBITIONNISTE :

Alors lui... Va comprendre... Il doit penser que voir son sexe est la plus belle chose qui puisse t'arriver. Et que tu t'empresseras de te jeter dessus. Son kiff, c'est de se montrer, voire se toucher devant toi. C'est-à-dire devant tout le monde, dans le métro ou dans la rue. Soyons fous. Un jour, j'ai vu une fille poster sur son Facebook la photo d'un mec qui se masturbait face à elle dans le métro. Après tout quitte à s'exhiber, autant être vu par des milliers de personnes, non ? ;)

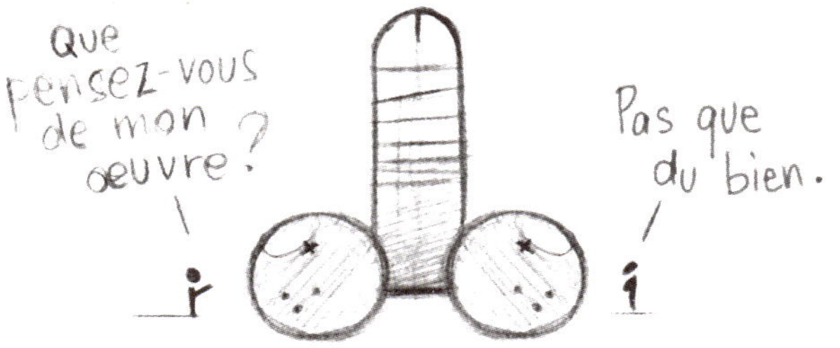

Message aux récalcitrants qui continuent de penser que « non mais ça va ! Faire un compliment ou dire bonjour à une fille, c'est pas du harcèlement ! »

En soi, non, vous avez raison. Mais le problème, c'est l'intention. L'arrière-pensée… Il suffit qu'on réponde poliment à ces approches pour que le mec le prenne comme une invitation à aller plus loin. Et on n'est pas encore assez bêtes pour tomber dans le panneau, si ? ;) Prenons un autre exemple : le gars qui taxe une clope dans la rue… Même si vous lui expliquez que vous ne fumez pas, il vous crache limite dessus sous prétexte qu'il n'a pas eu ce qu'il voulait. OK maintenant, les mecs, imaginez que c'est ça TOUS LES JOURS et que ça porte non pas sur une clope mais sur votre cul. Ça donne envie, hein ?

Le taxi stationne en bas de chez moi. Nico me dit au revoir et me fait jurer de l'appeler si j'ai un souci, quelle que soit l'heure.

Ce mec, il est toujours là pour moi, quand d'autres ne le sont pas. C'est vraiment un ami…

Un « ami » c'est ça, le problème… je l'ai friendzoné bien comme il faut !

Note de l'auteur :
Tiens ça me fait penser à une de mes vidéos… Va la voir sur ma chaîne Youtube, ça s'appelle : « Les catégories de friendzone » :p

*Note de l'éditeur :
Tu crois vraiment que c'est le bon endroit pour faire ta pub ?*

Note de l'auteur :
Bah, c'est mon livre donc je fais ce que je veux, non ?

*Note de l'éditeur :
Gratteuse.*

Les mots du Père Noël résonnent très fort dans mon esprit (oui, on se parle souvent lui et moi, on a une relation très fusionnelle). Et je commence à réfléchir… Dans le fond, Nico, ai-je eu raison de le mettre à l'écart ?

- Jour 17 -

Il faut que j'en aie le cœur net, alors j'envoie un message à Anthony. À ce stade, je me fous bien que notre « relation » marche (enfin plutôt… démarre), je veux juste savoir où je me suis plantée.

Du coup, je tente le tout pour le tout.

WOOOOOOOOOOOOOOOHHHH OOOO

OK !!!!!!

Il est sérieux, lui ?

Je suis jugée d'après mes photos ? Prise pour une fille facile uniquement à partir de selfies ? On est où là ? Au xxe siècle ??!!

Bon. Gardons la tête haute et répondons-lui gentiment.

RÉPONSES POSSIBLES QUAND VOTRE « MEC » DE TROIS JOURS VOUS ANNONCE QUE C'EST FINI ET QUE VOUS VOULEZ GARDER LA TÊTE HAUTE :

- *Ooh, dommage. Sinon rien à voir mais t'as vu le dernier épisode de* Game of Thrones *?? Énorme !!!*

- *Merci d'avoir pris l'initiative ! J'avais peur de te faire du mal... Ça m'enlève un tel poids ! Franchement MER-CI !*

- *Mince... Moi qui pensais que ça tiendrait plus longtemps avec un mec pas trop beau...*

- *Aaah, dommage ! Mauvais timing, je venais de nous booker les billets pour Tahiti ! Bon... tant pis, je vais trouver quelqu'un d'autre !*

- *Oh, pas de souci ! Je commençais à bien apprécier ton pote Dimitri et j'avais peur que tu le prennes mal... d'ailleurs... il est célibataire ?*

- Je tiens à te remercier du fond du cœur. Grâce à toi, j'ai pris conscience que mon truc, en fait, c'est les femmes.

- Du coup, je suis libre mardi ? C'est cool !

Décidément, je suis partie droit dans le mur avec ce gars-là, et sans m'en rendre compte… J'ai rien vu venir ! Mais bon, tout a une raison, et s'il sort déjà de ma vie, c'est qu'autre chose (de meilleur !) doit arriver, non ? :)

Seule leçon que je tire de cette expérience : quoi qu'on poste sur Internet, on ne nous jugera réellement que sur notre apparence. Sur ce qu'on dégage, ce qu'on paraît, ce qu'on **PRÉTEND ÊTRE.**

Avec des photos destinées à booster mon ego et à montrer que j'avais une vie cool, on m'a rangée dans la case : plan cul / fille sexy / fille facile. C'est bien, on ira loin avec ce genre de mentalité…

Tant qu'à faire, j'en profite pour aller regarder les derniers commentaires de mon compte Instagram, histoire de m'achever. Pas d'amélioration depuis la dernière fois : des insultes, des insultes et encore des insultes.

BIEN. Alors comment ça se passe ? Au bout d'un certain nombre de remarques blessantes, j'ai peut-être droit à une promo ou à un colis rempli de crottes de chien ? Au moins, ça me ferait un cadeau.

Ah, mais j'ai mal regardé… En plus des insultes, j'ai maintenant des propositions indécentes en privé… Je me rappelle pas avoir traîné au bois de Boulogne en porte-jarretelles dernièrement, mais bon s'ils ne peuvent penser qu'avec cette partie de leur corps, dur de leur en vouloir… C'est sûrement difficile de vivre avec un tel handicap, alors je vais pas en rajouter.

Je vois aussi que je suis taggée sur le compte « Sexy bitches of Instagram » qui a repris quelques-unes de mes photos en coupant ma tête, comme si je n'étais qu'un bout de viande… En un mot : personne.

C'est dingue quand même, la façon dont les gens jugent et rabaissent les autres sur les réseaux sociaux alors qu'ils n'oseraient jamais en faire autant dans la vraie vie.

Vas-y chéri
JUGE-MOI
Mais n'oublie pas d'être parfait
le reste de ta vie.

N'empêche que j'ai du mal à encaisser… J'ai besoin d'être rassurée. Que quelqu'un de proche me confirme que NON, je ne suis pas une salope. Que les gens sont trop bêtes pour se faire une opinion juste. J'en suis bien persuadée, dans le fond, mais vu le nombre de nécrosés mentaux sur Internet, j'ai besoin qu'on me le dise. Que ça vienne d'un esprit intelligent.

Dans le fond, je ne devrais pas avoir honte. Je ne montre que des photos où je me trouve jolie parce que, oui, heureusement, ça m'arrive de temps en temps. C'est pas comme si j'étais née avec les gènes d'**ANGELINA JOLIE**, alors merde, quoi ! C'est mal, peut-être ? (De ne pas être née avec ses gènes ? Oui. De se sentir belle une fois de temps en temps ? **NON !!**)

Anaïs - *Qu'est-ce que t'en as à faire des jugements de pauvres frustrés sur Internet ? T'es une fille intelligente, t'as fait des études, t'es drôle, t'es adorable... Tu vas pas te laisser impressionner par des inconnus ! Crois-moi, des gens qui insultent une personne qu'ils ne connaissent pas, c'est EUX qui ont un souci. T'es au-dessus de tout ça ! Laisse tomber !*

Moi - *T'as raison... Encore eux, je m'en fous... Mais c'est Anthony qui m'a fait douter. Il a quand même cru que j'étais une nana facile qu'il pouvait ramener chez lui dès le premier soir...*

Anaïs - *Parce qu'il n'a pas cherché à te connaître ! Il n'était là que pour ça... Aucun regret concernant ce gars-là... Imagine si tu avais fait quoi que ce soit avec lui ? Nan nan naaaaan, c'est tant mieux qu'il se soit auto-éjecté de ta vie !!*

Moi - *Ouais, pas faux... En fait, en voyant toutes ces nanas s'afficher avec des poses sexy, archi-belles, archi-retouchées, j'ai cru que c'était ça qui plaisait...*

Anaïs - *Ça plaît aux mecs qui aiment les michtos ! Et t'en es pas une ! Vire ces photos, sérieux. Elles ne te représentent pas ! T'es belle, t'es sexy bien sûr, mais t'as pas besoin de le montrer. Tu recevras beaucoup plus de compliments – et sincères, en plus ! – en photographiant les moments authentiques de ta vie : souriante, avec tes potes, en train de kiffer la life quoi !*

Moi - *T'as vraiment utilisé le mot « authentique », Anaïs ??*

Anaïs - *Vas-y, tais-toi, là ! Je te donne des conseils. Tu veux quoi ? Être jugée par des cassos sans cervelle d'après des photos qui ne te représentent même pas, ou que les gens t'apprécient parce que tu profites de ta vie et que tu le partages avec les autres ?*

Moi - *T'as raison... T'as raison, c'est vrai, je vais supprimer tout ça.*

Anaïs - *Alléluia ! Et appelle Nico, il s'est grave inquiété pour toi hier !*

Je poste une fausse vie
sur Facebook,
pour avoir des «j'aime»
qui ne sont pas réels,
pour impressionner des gens
que je ne connais pas.
Je suis TELLEMENT
populaire.

C'est vrai, au final, elle a complètement raison. Je viens de passer ces dernières semaines à chercher l'approbation de personnes que je ne connais même pas. Pour me sentir plus belle, plus aimée...

Mais au final, est-ce que ça a marché ?
Est-ce que je me sens plus heureuse ?

Non, car **TOUT EST FAUX.**

Ces gens, je ne les connais pas et je ne les connaîtrai jamais. Ils m'aiment (ou me détestent) pour des apparences, pour des centaines de selfies sans vie destinés à montrer le maquillage que je porte, les chaussures qui m'ont coûté un œil, ou la tenue du jour que j'ai prise en scred dans une cabine d'essayage. Bref, ce que je fais croire que je suis.

Pendant ce temps, je ne tenais pas compte
de ce que mes amis pensaient de moi,
alors qu'ils me connaissent VRAIMENT.

Je ne peux pas continuer ce petit jeu, ce n'est pas moi, ça ne me plaît pas.

Exit les « Princesses » des réseaux sociaux et leur fake vies. Je ne les envie plus du tout.

Je préfère **RESTER MOI-MÊME**, et juste montrer des moments de vie tout simples, genre :

– Moi aux toilettes.
– Moi en train de rouler une pelle à mon chat.
– Moi en train de dire que « NOOOON, c'est pas vraiiiii haha ».

Allez, rigolez.

Vous me décevez.

J'envoie donc un texto à Nicolas pour le rassurer et le remercier pour hier.

Merci pour tout hier Nico...
Ça va mieux aujourd'hui
merci de t'être inquiété

Normal! Content que ça
aille mieux ! J't'appelle en
Facetime j'ai un truc à te
montrer !

Eh… **EH LES MECS !!!!!!!**

ARRÊTEZ ÇA TOUT DE SUITE !!

Facetime, là, maintenant, tout de suite ?? N'importe quoi ! Ça se prépare *au moins* une demi-journée à l'avance !!! Alors, on prend rendez-vous !! C'est comme ça que ça se passe dans la tête d'une fille, hein !

© Un gars génial qui a un chien trop swaggy

Quand t'es tranquille dans ton lit et que ton copain veut faire un Skype.

Comment ça, j'exagère ?? Je n'exagère **JAMAIS !**

Enfin, sauf dans quelques cas :

CES MOMENTS OÙ JE NE SAIS PAS DOSER MES MOTS :

- J'ai pris deux kilos, je suis une vraie baleine…
- T'as mis du vernis ? Je suis choquée !
- Dégoûtée ! Mélanie a été éliminée, j'ai envie de mourir.
- Alexandre m'a pas envoyé mon texto du soir, les mecs c'est vraiment tous des connards !
- Nan, mais lui, c'est LE mec le plus beau du monde !
- Je suis tellement petite que même les hobbits se foutent de ma gueule.
- Je te jure que si on mange pas tout de suite, je vais mourir de faim !
- Nan mais sérieux, il est mort ?!! Vas-y, je regarde plus jamais cette série !!
- Je tombe que sur des mecs nuls, je vais finir seule avec des chats, à taper sur les gosses du quartier.
- Je me suis fait retirer un grain de beauté, j'ai frôlé le cancer !
- Quand j'ai pas mon portable sur moi, j'ai l'impression d'être amputée d'un bout de mon âme.
- Si je sors dans la rue sans maquillage, les gens vont se foutre de moi et me jeter des pierres.
- J'ai pas eu la moyenne, ma vie est foutue. Je suis une sous-merde. J'arrête l'école.

Oui je sais… C'est proche de la parano (pour changer)… Mais il y a encore de l'espoir, non ?

Pitié, dites-moi qu'il y a encore de l'espoir…

… (Bruit de néant et de mon âme qui se brise au sol.)

OK, merci.

Revenons à nos moutons (oui, j'aime utiliser des expressions datées de deux siècles et demi – même si je ne sais absolument pas si on les utilisait réellement à cette époque car je n'y ai pas vécu et que j'ai la flemme de vérifier sur Google). Parce que vraiment, les gens, j'ai la flemme de tout, surtout d'aller me maquiller, là maintenant, pour être présentable pour mon Facetime avec Nicolas. Alors que lui, de son côté, attend bien sagement en pensant que je dois être sacrément occupée pour mettre si longtemps à répondre et que ma vie doit être vraiment géniale, aussi géniale que celle de Taylor Swift, au moins !

Parce que oui, je connais l'emploi du temps personnel de Taylor Swift.

On est BFF mais ça bien sûr tu ne le savais pas. Parce que j'aime pas me la péter.

Taylor Swift @taylorswift13 · 29 sept.

What the press says I'm doing:
Buying a Bev Hills mansion, getting married in an English castle

What I'm doing: Playing a show in St. Louis

Voir la traduction

RETWEETS 23 400 J'AIME 63 825

20:12 - 29 sept. 2015 · Détails

Répondre à @taylorswift13

Lindsay 2.0 @Lindsay20Lindzy · 10 oct.
@taylorswift13 Mdr ! Je t'aime rep moi stp !!!!!!!
17

Lindsay 2.0 @Lindsay20Lindzy · 10 oct.
@taylorswift13 Je meurs TAYLOR je t'aime ILY ma star !!!!
1 26

Lindsay 2.0 @Lindsay20Lindzy · 10 oct.
@taylorswift13 Réponds moi je t'aime ILYSM OMG !!! YOU'RE THE BEST !!
2 22

Eh ouaiiiiis. #DontHate

Blague à part, et hormis le maquillage de ce matin, j'avoue que j'ai un peu la flemme de TOUT, TOUT LE TEMPS.

Comme si, à la naissance, on avait oublié de m'équiper de l'option « envie » (à part « envie de manger », « envie de rester sur mon canap' toute la journée », « envie de dormir »). Comme si le Graal était de passer ma vie en position horizontale, devant la télé ou l'ordi, avec un paquet de M&M's.

P.-S. : la présence d'un animal de compagnie est optionnelle mais appréciée.

CE DONT J'AI LE PLUS LA FLEMME :

PRENDRE DES RENDEZ-VOUS (chez le coiffeur, le médecin, l'esthéticienne…). Parce qu'il faut parler à un être humain ET réfléchir à mes dispos. EN MÊME TEMPS !

CHERCHER UNE POUBELLE QUAND JE SUIS DEHORS ET QUE J'AI UN TRUC À JETER. Du coup, je le jette dans mon sac à main (que je ne vide jamais…).

ME LEVER LA NUIT QUAND J'AI ENVIE DE FAIRE PIPI. Je préfère me tordre dans tous les sens pendant une heure et demie que bouger mes fesses.

BALANCER MES CHAUSSETTES TROUÉES. Naaaaaan, autant les remettre dans mon tiroir jusqu'à la fin des temps.

NOTER LES TRUCS DONT JE DOIS ME RAPPELER. Je préfère les prendre en photo. Ou, mieux encore, les oublier.

FAIRE À MANGER… quitte à crever tellement la dalle que je frôle l'hypoglycémie et m'imagine en train de mourir de sous-nutrition, dans mon salon, dans les cinq prochaines minutes.

APPELER QUELQU'UN QUI SE TROUVE DANS LA PIÈCE D'À CÔTÉ. C'est tellement plus simple d'envoyer un texto…

DÉJÀ QUE FAIRE LA VAISSELLE, C'EST CHIANT… Mais la ranger ?! Je vois vraiment pas l'intérêt.

ME LA JOUER « HEALTHY » : me réveiller à sept heures du mat' pour faire un yoga bikram avant d'avaler un smoothie bio tout en mangeant des graines… Tout ça pour me la péter sur Instagram.

LIRE DES LIVRES, SURTOUT SANS DESSINS DEDANS. (Eh, vous avez vu ? Je vous ai gâtés avec le mien : en fait, j'ai pensé à vous en pensant à moi d'abord, ahah !)

SUIVRE UNE RECETTE DE CUISINE. Parce que je m'en fous. Des fois, la cuisine « freestyle », ça marche aussi bien. Des fois…

LOUPER UNE GRASSE MAT' LE WEEK-END. Pourquoi sortir de ce lit si confortable ? Pour prendre mon petit-déjeuner ? LOL. Je me lèverai à l'heure du déjeu… dîner.

SORTIR si je me suis déjà mis en tête que « ce soir, c'est *Game of Thrones* en pyjama ! Youhou ! »

ME PRÉPARER POUR ALLER AU LIT. C'est là qu'on se rend compte qu'être une fille, c'est loin d'être simple… Encore plus quand on est une fille superficielle !

FAIRE MA VALISE. Tant que ça rentre, je m'en fous que ce soit rangé ou fragile. La valise ferme ? C'est le principal. Par contre, une fois rentrée de vacances, je la laisse par terre dans ma chambre pendant un mois et je continue de me servir dedans comme si c'était mon armoire. Je ne la range qu'une fois que j'en aurai tout sorti.

ME FAIRE BELLE TOUS LES JOURS. Quand je vois ces nanas, sur Instagram, poster quo-ti-dienne-ment des photos d'elles au TOP, j'hallucine ! Une fois par semaine, OK – mais qui a la motivation de passer trois heures à se préparer TOUS-LES-MATINS ?!!

AJOUTER LES ACCENTS SUR LES « E ». Ça demande une certaine concentration… et mon cerveau n'est pas d'accord avec ça. (J'ai fait un effort pour ce livre mais vraiment, c'est pour ne pas faire de toi un analphabète.
Je suis pour le bien de l'humanité, moi, tu vois ? ;))

SUPPRIMER TOUS LES SPAMS DE MES E-MAILS… Sérieusement, y'a des gens qui ont du temps pour ça ?

ÉCRIRE UN LIVRE.
Oh, wait…

FAIRE LE MÉNAGE. Et chercher une femme de ménage. Mon appart' est donc constamment dégueulasse.

REPRODUIRE LES TUTOS COIFFURES QUE J'AI VUS SUR YOUTUBE. Je peux pourtant passer cinq heures juste à les regarder avec l'ESPOIR d'y arriver un jour… Mais passer à la pratique ??!! MDRRRRRR !

RÉPONDRE AUX MESSAGES TROP LONGS.
Du coup, je ne réponds jamais rien et je n'ai plus d'amis.

JE PEUX ME MOTIVER À ME FAIRE UNE MANUCURE DE DINGUE. OUI, avec des couleurs, des formes, des dessins, des strass et tel accessoire kikoolol… Mais L'ENLEVER ??? Alors que j'ai passé trois heures à faire cette connerie-là ? Nan, je préfère attendre qu'elle s'écaille d'elle-même sur les deux prochains mois.

ARGUMENTER. Si tu viens m'expliquer sous mon post de Taylor Swift que Rihanna est la meilleure chanteuse de tous les temps, alors que je sais TRÈS BIEN QUE NON (on ne parle pas en mal de mes amies, je peux te péter les dents pour ça !), je me contenterai de te répondre : « Ta gueule. »

Pas grave, on va tout laisser allumé.

Bref, malgré ma flemme, je vais quand même faire un effort car je ne voudrais pas montrer ma tête AU NATUREL à Nico (« au naturel » genre juste « pas maquillée », ça passe encore, mais « au naturel » genre « pas maquillée + en pyjama + les cheveux gras + en pleine poussée d'acné », ça ne passe pas du tout !).
Je réponds donc à son message :

> Normal! Content que ça aille mieux ! J't'appelle en Facetime j'ai un truc à te montrer !

> Ok, je capte pas très bien là, je rentre chez moi dans 15 minutes ;)

Oui, oh, ça va ! Maintenant, vous le savez, que j'aime transformer un peu la vérité !
Comment ça, un mytho ???

-_-

Vingt-cinq minutes plus tard (j'avoue, je ne sais pas respecter les délais), je suis enfin prête pour notre Facetime !

Nico - *Coucou !*

Moi - *Hello ! Ça va bien ?*

Nico - *Oui et toi ? Mieux, à ce que je vois.*

Moi - *Oui, ce ne sera bientôt plus qu'un mauvais souvenir.*

Nico - *Au pire, ce mec, je le cherche, je le trouve et je le tue.*

Moi - *Le problème, c'est que tu n'es ni Liam Neeson ni mon père, donc ça risque d'être compliqué... Bon ! C'était quoi, cette chose que tu voulais me montrer ?*

Nico - *Bah, tu l'as en face de toi !*

Moi - *De quoi ?*

Nico - *Moi !*

Moi - *...*

Nico - *T'es pas contente ?*

Moi - *Euuuh... si si !*

(En vrai, j'ai envie d'éclater de rire, mais je ne lui ferai pas ce plaisir. ;))

Nico - *Tu veux que je passe ? Histoire que tu voies cette perfection de la nature en chair et en os ? C'est pas donné à tout le monde, tu sais !*

Moi - *... Haha ! Vas-y, passe si tu veux !*

Nico - *Bonne réponse ! Je ramène quelque chose qui te ferait plaisir ?*

CE QUI ME FAIT PLAISIR :

Me faire à manger.

M'acheter à manger.

Sentir le manger.

Être du manger.

Manger.

MOI :

Oh merci.

Oh mon Dieuuuuu ! Ouiiiii !
T'es le meilleur du monde !
Enlève tes vêtements
tu es à moi après ce burger !

Clairement, on peut rayer la règle n° 8 de ma liste de Princesse (et la brûler pour toujours car je l'ai FAIL TOTALEMENT !!!!).

8. UNE PRINCESSE DOIT MANGER AVEC CLASSE POUR FAIRE IMPRESSION AUX DÎNERS

Mdr.

À la question de Nico, je réponds un simple : **« CE QUE TU VEUX »**…
En vrai, c'est un test pour voir s'il me connaît bien !
Il se pointe une heure plus tard, un big smile sur le visage et les bras pleins de Kinder avec la dernière saison de *Breaking Bad*.

Il a donc passé l'épreuve haut la main…
Nous avons un major de cette promo !

Mais, avant de craquer, je dois faire un truc ultra superficiel. J'ai même honte de le dire tellement c'est con. Mais je te jure, c'est NÉCESSAIRE.

… Je veux avoir l'avis de mes copines.

J'ai donc leur feu vert.
Ce qui me va très bien. (Parce que j'aime les choses qui vont dans mon sens, **OF COURSE !**)

J'ai donc mis de côté tous mes a priori sur Nico et je le vois ENFIN comme un copain potentiel. À raison.

Car ça fait maintenant **DEUX ANS** qu'on est ensemble. Je suis donc devenue une Princesse… pleine de défauts.

Cette **PRINCESSE 2.0** qui a cherché et trouvé son Prince… lui aussi plein de défauts.

Comme quoi… Ça ne sert à rien de se faire passer pour une autre personne pour essayer de plaire. Il suffit d'être soi-même et de s'entourer des personnes qui nous acceptent telles que nous sommes. Je ne serai jamais parfaite. Je ne serai jamais populaire. Je ne serai jamais cette fille avec cette fausse vie, dont le seul but est d'en mettre plein la vue à tout le monde. Je suis juste Lindsay, avec ma vie pleine de petites emmerdes et mon mec pas parfait non plus. Et c'est tout ça, qui me rend heureuse.

Ça, et lui.

Au final, je n'avais pas repéré Nico en premier, mais c'est lui que j'aimerai en dernier.

Ils vécurent heureux… et attendirent une bonne dizaine d'années pour avoir des enfants parce que les mômes, ça chiale la nuit et faut les nourrir.

FIN

Quand y'en a plus, y'en a encore !

- Épilogue -

Vous vous demandez sûrement ce
qu'on devient, Nico et moi ?

On fait notre petite vie.

On est devenu ce couple CHIANT sans aucune pudeur (on a le droit de montrer qu'on s'aime, **NON ?**).

Lindsay 2.0 ▶ **Nico Las**
Je t'aime mon bébé !!!!!!!!!!!!!!!!
6 hours ago Like · Comment
Lindsay 2.0 likes this.
Write a comment...

Lindsay 2.0 ▶ **Nico Las**
T'es à MOI ! Pour la vie !
5 hours ago Like · Comment
Write a comment...

Nico Las
Soirée pizza entre mecs
4 hours ago Like · Comment
Lindsay 2.0 likes this.
Lindsay 2.0 Ahahah t'es trop drôle mon coeur JTM
6 hours ago Like
Write a comment...

Et on a envie que le monde entier le sache (enfin, surtout moi. Oui, oui, je vous vois là, les grognasses, à vouloir essayer de me piquer mon mec ! **IL EST À MOI, OK ??** **ÇA VEUT DIRE PROPRIÉTÉ PRIVÉE !)**

Lindsay 2.0 ▶ **Nico Las**
Hâte de retrouver mon chéri ! JTM Nico Las !
3 hours ago Like · Comment
Write a comment...

Lindsay 2.0 ▶ **Nico Las**
Tu ramènes du MacDo ce soir ?
2 hours ago Like · Comment
Write a comment...

Lindsay 2.0 ▶ **Nico Las**
bisous MON bébé JTM, oui oui, il est à MOI les grognasses, dégagez !!!
1 hour ago Like · Comment
Write a comment...

Vous vous rappelez mon Instagram envahi de selfies ?
Maintenant, c'est devenu des **COUPLEFIES**.
Une autre manière de marquer mon territoire (subtilement, évidemment).

AVANT

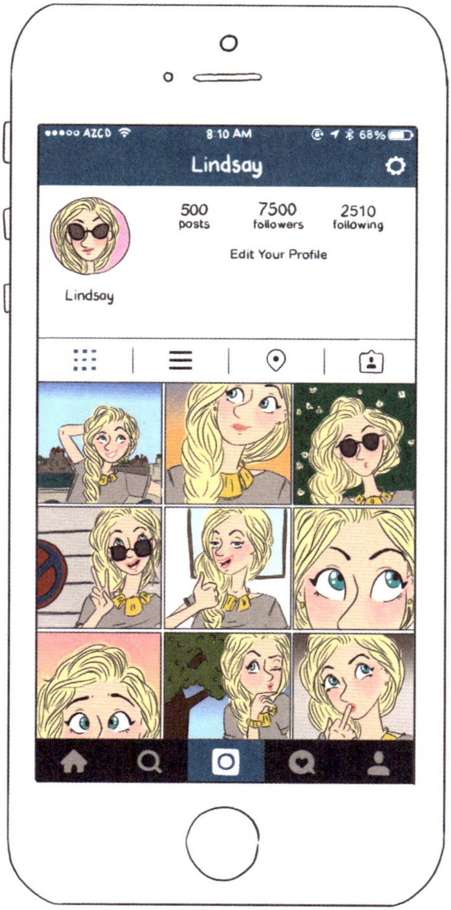

APRÈS

On s'est installé **ENSEMBLE**.
Ça s'est BEAUCOUP ressenti de mon côté.
Avant, quand je disais que j'étais
bordélique, **C'ÉTAIT ÇA** :

MAINTENANT ?

C'EST BAGDAD.

Dès que j'ai une copine célibataire, je lui sors cette phrase CHIANTE que je détestais entendre avant (mais merde, ça fait **TELLEMENT** de bien de pouvoir la dire !).

Mais je suis toujours aussi superficielle, pas pour moi, hein, **C'EST POUR LE BIEN DE NOTRE COUPLE** (oui, oui).

J'ai recroisé Julien (Dieu merci, j'étais au **TOP DU TOP** !)

Tiens, je te présente Nicolas, mon chéri.
Ah ! Salut ! Je suis content pour toi

Nico, on devrait présenter Julien à Gladys, ils iraient bien ensemble, non?
...
Jackpot !

Il a rencontré mes parents, ça s'est **TRÈS BIEN PASSÉ**.

On est parti en vacances en Polynésie,

C'ÉTAIT GÉNIAL !

Je suis toujours flemmarde. Lui aussi.

Un jour, on est passé au bord de la rupture.

Ah non, deux fois en fait !

20 minutes plus tard.

FIN

Pour de vrai !

ANDY

Andy

andy raconte

@andyraconte

@andyraconte

www.404-editions.fr

404 éditions
Un département d'Édi8,
12, avenue d'Italie, 75013 Paris.

Illustrations : Mathilde Morieux pour les pages 223 à 237. Vivilablonde pour le reste.
Maquette intérieure : Manon Bucciarelli,
Alexandra de Lambilly, Sandrine Morgan
Maquette de couverture : Axel Mahé
Photographie de couverture : Charles Boitier
Relectures et corrections : Rosalind Elland-Goldsmith,
Florence Fabre, Anne-Lise Martin

Ce livre ne peut être vendu séparément du coffret
Princesse 2.0 - Le Collector

Crédits photographiques :

©Istockphoto.com : p.29 : /shironosov ; p.36 : / miodrag ignjatovic;
p.64 : /SolStock; p.65 : /DanielBendjy; p.66 : /Nadya Lukic;
p.67 : /victoriaandreas ; p.68 : /OlegPhotoR ; p.69 : /Tverdohlib ;
p.70 : /Nadya Lukic ; p.75 : /Ismail Çiydem ; p76 : /Ismail Çiydem ;
p.78 : /Ismail Çiydem ; p.169 : /sjharmon ;
p172 : /Dmitri mihhailov ; p.184 : /Marcel Braendli ; p.224 : /M_a_y_a
©freepik.com : p.155.

Bisous ♥

Hey!

#PRINCESSE

Bisous ♡

Hey!

#PRINCESSE

Bisous ♡

Hey!

#PRINCESSE

OK!

Bisous ♥

Hey!

#PRINCESSE

Bisous ♡

Hey!

#PRINCESSE

Bisous ♡

Hey!

#PRINCESSE

Bisous ♡

Bisous